JN281326

尽くしてあげちゃう2
なんでもしちゃうの♥

トラヴュランス　原作
内藤みか　著
志水直隆　原画

PARADIGM　NOVELS 104

登場人物

篠原《しのはら》むつみ　大輔の幼なじみ。母親とケンカして、大輔の家に転がり込んできた。

月野《つきの》大輔《だいすけ》　荒巻学園に通う平凡な学生。両親が海外赴任のため一人暮らしをしている。

月野《つきの》サラシア　大輔の義理の従妹。叔母の家に住んでいるが、朝は越こしにきてくれる。

君島《きみしま》紀香《のりか》　大輔のクラスメートで、むつみの親友。モデルにスカウトされ、うかれている。

篠崎《しのざき》静枝《しずえ》　ブティックを経営している、むつみの母親。再婚の話が持ち上がっている。

五十嵐《いがらし》優菜《ゆうな》　むつみと同じ図書委員の先輩。恋人を亡くしたショックで、口数が少ない。

第一章 サラ

第三章 優菜

目次

プロローグ

チャイムが鳴った。

「何だよ、こんな時間に……」

月野大輔《つきのだいすけ》は、仕方なく、立ち上がる。

ハンバーガーを三個も食べ、満腹になってごろ寝をしていたので、二階から下に降りていくのは、ひどく億劫《おっくう》だったのだ。

二階にもインターフォンをつけておいてくれ、と親に頼んでいたのにと、大輔は今さらながら恨んだ。奴らは取り付けもせず、さっさと外国に旅立ってしまったのだ。サラリーマンの父親が、アメリカ支社赴任を命じられたためである。私立荒巻《あらまき》学園二年生の大輔は、来年受験生になるということもあり、両親について行かず、ひとり日本に居残ることにしていた。

だから、この、郊外の私鉄の駅から徒歩二十分の一戸建てには、大輔しか住人がいない。従って、チャイムが鳴ったら、出なくてはならないのだった。

どうせ宅急便か、何かの勧誘なんだろう……、大した期待もせずに仏頂面をしながらドアを開けると、目の前は、柔らかいピンク色がバーンと拡がっていた。

「なッ……!?」

大輔は何度も瞬きをした。するとそのピンク色ががたん、と動き、持ち上がった。

よくよく目を凝らすと、それは、桃色の帆布で出来た、クロゼットケース、つまりは、

プロローグ

布張りのタンスだったのである。そして、それを持ち上げているのは、二人の屈強そうな作業員だ。

「これ、どちらに置きましょうかねえ？」

と尋ねられ、大輔は、ますますうろたえた。

「あの……間違いじゃないですか？　うちじゃ、タンスなんて注文していませんよ」

男のひとり暮らしに、ピンクのタンスは、似合わないし、第一大輔はすでにタンスを持っており、服の量もたかが知れているので、新しいタンスなど、必要ない。

だが、大輔の言葉に、作業員の二人は、怪訝《けげん》そうに顔を見合わせた。

「いやあの……ここ、月野さんですよね？」

「そうですけど」

「それじゃ、間違いないですよ。確かに引っ越し荷物のお届け先は、こちらですから」

「え……？　は……？」

「あ、取りあえず、ここに置かせてもらいますよ」

玄関脇にある六畳の和室を指さすと、作業員は、ほいッ、とタンスを隅に運び込んだ。

「ちょ、ちょっと……」

制しかけた大輔を無視し、彼らは次いで、今度は大きな段ボール箱を二つと、引き出し式のプラスティック衣装ケースを三つ、和室に放り投げるように置くと、

「じゃ、ここに受け取りのサイン、お願いします」

と、無造作に伝票を差し出してきた。

「サイン、って……」

人の家によくわからないものを持ってきて、サインもクソもないだろう、と大輔が口を開きかけた時だった。

「あッ、もう着いたんですね〜ッ、ごっくろうさまで〜ッす☆」

という声が、背の高い作業員の後ろから聞こえてきた。

その少し甲高い声を聞いて、大輔は、あッ、と思った。

「あ、サインですか？　ハイハイ。月野、と……。はぁい、お疲れさまでした〜ッ！」

元気いっぱいに作業員を送り出しているのは、篠原《しのはら》むつみだったのである。

彼女は、大輔の幼なじみであり、現在のクラスメートでもある。家は、昔は隣同士だったのだが、大輔の家が十年ほど前に引っ越したため、今では徒歩二十分はかかるであろう距離があった。

むつみはにこにこと人なつこい笑顔と八重歯をこちらに見せながら、

「……えへへ、大輔ちゃん、今日からよろしくね！」

と、ぺこん、と頭を下げてきた。ピンクのボレロに赤いスカートの制服のままだ。お尻と首のところに付いている黄色い大きなリボンが揺れている。

「よろしく、って、一体、どういうことだよ⁉」

「だからぁ〜、昨日電話で話したでしょ〜」

むつみは呆《あき》れ顔で、何にもわかってないんだからぁ、と大輔の肩をこづいてくる。

「電話って……親とケンカした、とかいう、あれか？」

「そう」

むつみは頷《うなず》いた。少し茶色い色のストレートのロングヘアが、揺れている。近頃ちまたでは茶髪が流行っているが、彼女の場合、幼い頃からこの髪の色なので、地毛なのである。

「静枝《しずえ》ちゃんの顔を見るのもイヤだから、しばらく大輔ちゃんのとこにいてもいい？って聞いたら、大輔ちゃん、いいよって言ってくれたでしょ……」

「あ、あれ……」

あんまりむつみがグチグチ言っているので、適当に返事をしていたのだが、本気だったのか、と言いかけて、大輔は言葉を呑《の》んだ。こうして運送会社まで手配して乗り込んできたくらいなのだ、本気に違いないからである。

むつみは母親のことを「静枝ちゃん」と名前で呼ぶ。父親を亡くし、むつみが幼い頃からブティックの経営をして女手ひとつで育ててきた母親、静枝が、ママ、と呼ばれることを嫌がったからだ。おかげで大輔までもが彼女のことを「静枝さん」と呼ばされている。

実際、静枝は、とても女子校生の娘がいるとは思えないほど若々しく、美しかった。ブティックの仕事をしているせいで、いつも最先端の流行と接しているからなのだろう。すらっと細く、大人っぽい静枝のことを、思春期の頃から大輔は秘かに意識してもいた。

その静枝が、再婚する。

相手は、ブティックの常連さんなのだという。昨年静枝はチェーン店としてメンズ物ばかりを扱う店を出したのだが、そこのお客さんで、静枝と同じ三十六歳なのだそうだ。

長年苦労してきた母親が、やっと掴《つか》んだ幸福なのだから、本来ならば、祝福すべきところである。だが、むつみは大反対だった。

理由は、今まで住んできたむつみの家を売り、新しい土地で暮らす、ということにある。

「お父さんが、死ぬほど働いて、やっと手にした家だったのに、それを売るなんて、許せない。せめて私だけでもあの家と土地を守っていきたいもん」

昨日もむつみは、電話口で、そう嘆いていた。だが、静枝は「新しい夫と新しい人生をスタートさせるためにも、昔の思い出は置いていきたいの」という意見から、家を売る、と言って、一歩も譲らないのだという。

「新しいお父さんなんて、私、いらない」

むつみの不満は一気に爆発してしまったらしい。静枝が再婚したら、年頃のむつみは、いきなり知らないオジサンとひとつ屋根の下で暮らすことになるのだ。お風呂に入ったり、洗濯を干すことなど、今まで普通にしてきた日常の行為ひとつひとつに、気を使わなくてはならなくもなるだろう。そのうえ、家も売る、ということで、環境ががらりと変わってしまうことが、不安でもあるらしかった。

「とにかく、静枝ちゃんと私は、決着がつくまで、お互いに距離を置くことにしたのよ」

むつみはふくれっつらのまま、荷物が運び込まれた和室の、わずかに畳が見えているスペースに腰を下ろした。

「だ、だけどさ……。俺のところに来るってことはさ、今度は俺というオトコと寝泊まりすることになるんだぞ？　静枝さんは許してくれたの？」

「別にいいってよ。なんなら、静枝ちゃんに電話して聞いてみれば？」

大輔は頷き、むつみの家の番号をダイヤルしてみた。ツーコールで静枝が出る。

「あらぁ、大輔ちゃん？」

静枝の声は、妙に晴れ晴れとしていて、明るい。

「うちのむつみが、しばらくお世話になるみたいだけど、よろしくねぇ。悪いわねえ、迷惑かけちゃって……」

娘が若い男と暮らすことになっているというのに、静枝は全然心配していないようだったので、大輔は絶句した。カップルが夜、ふたりきりになったら、何が起きても仕方ないような状況だというのに……。

「あの……本当にいいんですか……？」

「いいのいいの。大輔ちゃんなら、安心よぉ～」

……何が安心なのかはわからないが、妙に静枝に信頼されていることだけは確かなようだった。ただ、静枝は、一言付け加えるのを忘れなかった。

「あのねえ、むつみに伝えてくれる？　大輔ちゃんの迷惑にならないように、せめて食費くらいは、自分で稼ぐように、って。それが正しい家出だ、ってね」

「は、はぁ……」

リビングの電話を切り、振り返ると、むつみが真後ろに立っていた。

「どう？　静枝ちゃん、いいって言ってたでしょ」

「まぁな……だけど、肝心の俺の気持ちは……」

「だ～ッて、昨日、ああ、いいよって言ってたじゃな～い。今さらダメだなんて言わないでよね。もう荷物だって運んじゃったんだから」

むつみの足下に、大輔の愛猫・小雪《こゆき》が「にゃぁ～ん☆」とまとわりついてくる。彼女はなぜかむつみのことがお気に入りなのだ。白い毛をむつみになすりつけて、ごろごろとノドを鳴らしてもいる。

「ね～ッ、小雪ちゃ～ん、小雪ちゃんも、私がいたほうが、楽しいわよね～」

むつみは微笑《ほほえ》んで、小雪を抱き上げ、頬《ほお》ずりをしている。

「お前……本気なのか？」

大輔は半分呆れて、むつみの顔をまじまじと見た。

彼女は別に、大輔の彼女でもなんでもない。ただの幼なじみである。時にはノートの貸し借りをしたり軽い口げんかをしたりもするが、その程度といえばその程度の仲だ。それなのに、こうして人の家に上がり込んできたむつみの気持ちが、今ひとつ見えてこない。

「どうして俺の家なんだよ？　友達のとこにでも居候させてもらえばいいだろ？」

「だって……大輔ちゃんはひとり暮らしだし、お部屋もいっぱい余ってるみたいだから、いいかと思って」

「だから、そのひとり暮らしってとこが、問題だと思わないのか？」

むつみは首を傾《かし》げた。よく意味がわかっていないらしいので、大輔はため息をついて、

「男のひとり暮らしの家に若い女が軽々しく泊まっていいわけないだろ？　もし学校とか友達にバレたら大騒ぎになるし……」

と言い含めた。

「ん〜……」

むつみはしばらく考えていたが、

「この和室を私の部屋にさせてくれれば、友達とかが来れば、ここに隠れて、邪魔しないようにするし……。学校にも時間差登校すれば、大丈夫でしょ？」

と、案を出してきた。

「だ、だけどなあ……」

「ンもう、もし騒ぎになったらその時はその時で考えればいいじゃない。大輔ちゃんたら心配性なんだから……」

「し、しかし、なあ……」

「女手が家にやってきたんだから、少しは喜んだら？　私だってタダで置いてもらおうなんて思ってないよ。ご飯作ったり、お掃除やお洗濯したり、結構尽くしてあげるから、ね」

むつみはあっさり話を打ち切ると、片づけをすると言って、和室の襖《ふすま》を締めてしまった。

大輔は渋い顔になった。むつみが本当にこの家に住むことになるとしたら、色々と面倒なことが起こりそうな気がしたからである。

今まで、大輔は女にモテたことなど、なかった。どこにでもいるような平凡な顔に、特にいじってもいない髪、それほどお笑いのセンスがあるわけでも、頭がいいわけでもない大輔は、目立つ存在ではなかったのだ。だから、バレンタインはもちろん、クリスマスも誕生日も、実に静かに、というか虚《むな》しく、過ごしてきたのである。だが、両親がアメリカに行った途端、急に女運が開けてきていた。ひとりで生活している、というだけで、世話好きの女達の母性本能をくすぐったのかもしれなかった。

例えば従姉妹である月野サラシアは、毎朝のように起こしに来てくれるし、クラスメートである君島紀香《きみしまのりか》は、やれズボンにシワがあるとか、ハンカチを持ってきたか、などと世話を焼いてくれるようにもなった。先輩の五十嵐優菜《いがらしゆうな》も、何か不自由していることはないか、と気を使ってもくれる。そして、幼なじみの篠原むつみは、淋《さび》しいんじゃないの？と、しばしば電話をかけてくる。親が行ってしまってから、急に、大輔は女性達に構ってもらえるご身分になったのであった。

どうせだったら、このハーレム気分をしばらく味わっていたい……と内心思っていたので、むつみの突然の押しかけに、大輔は戸惑っていた。むつみと暮らしている、なんてことがバレたら、サラシアは起こしになど来てくれなくなるだろうし、紀香も優菜も世話など焼いてはくれなくなることだろう。だが、むつみはむつみで親と揉《も》めて困っているみたいだし、出て行け、と強く言いきることもできない。束の間のモテモテだったか……と、大輔は小さくため息をついた。

むつみの方はというと、鼻歌を歌いながら襖の向こうでがさごそと荷ほどきをしている。

「なあ……、もう一度、考え直したら、どうだ？」

がらり、と何の気なしに襖を開けた大輔は、うッ、と息を飲んだ。

彼女がブラジャーとショーツだけの姿で、立っていたかだ。ちらッと目にしただけだが、ピンクの可愛いレースの下着が、瞳にチカチカと眩しい。

「す、すまん、着替え中だったんだな……」

次の瞬間、むつみのけたたましい悲鳴が上がり……かけたが、大輔が慌てて、

「しぃッ！　近所に聞こえたらどうすんだよ」

と、むつみの口を押さえたので、うぐ……という吐息しか、漏れなかった。

「……ンもうッ！」

むつみは頬を赤く染めながら、慌ててバスタオルに身をくるんで、大輔を睨《にら》んでくる。

「女の子の部屋に入るんだから、ちゃんとノックくらい、してよねッ！」

「わかったよ、悪かったよ……」

謝りながら、大輔は、これからの生活を思い、少しだけ、顔をニヤけさせてしまった。女の子と暮らす、ということは、こうしたエッチくさいハプニングが、何度も起こる可能性が大きい。深夜、トイレのために彼女のいる部屋の前を通る時、微《かす》かに寝息が聞こえてきたり、時には少しだけ開いた扉から、寝乱れた姿が覗《のぞ》けるかもしれない。

いや、覗ける、といったら、一番はフロ、だろう。脱

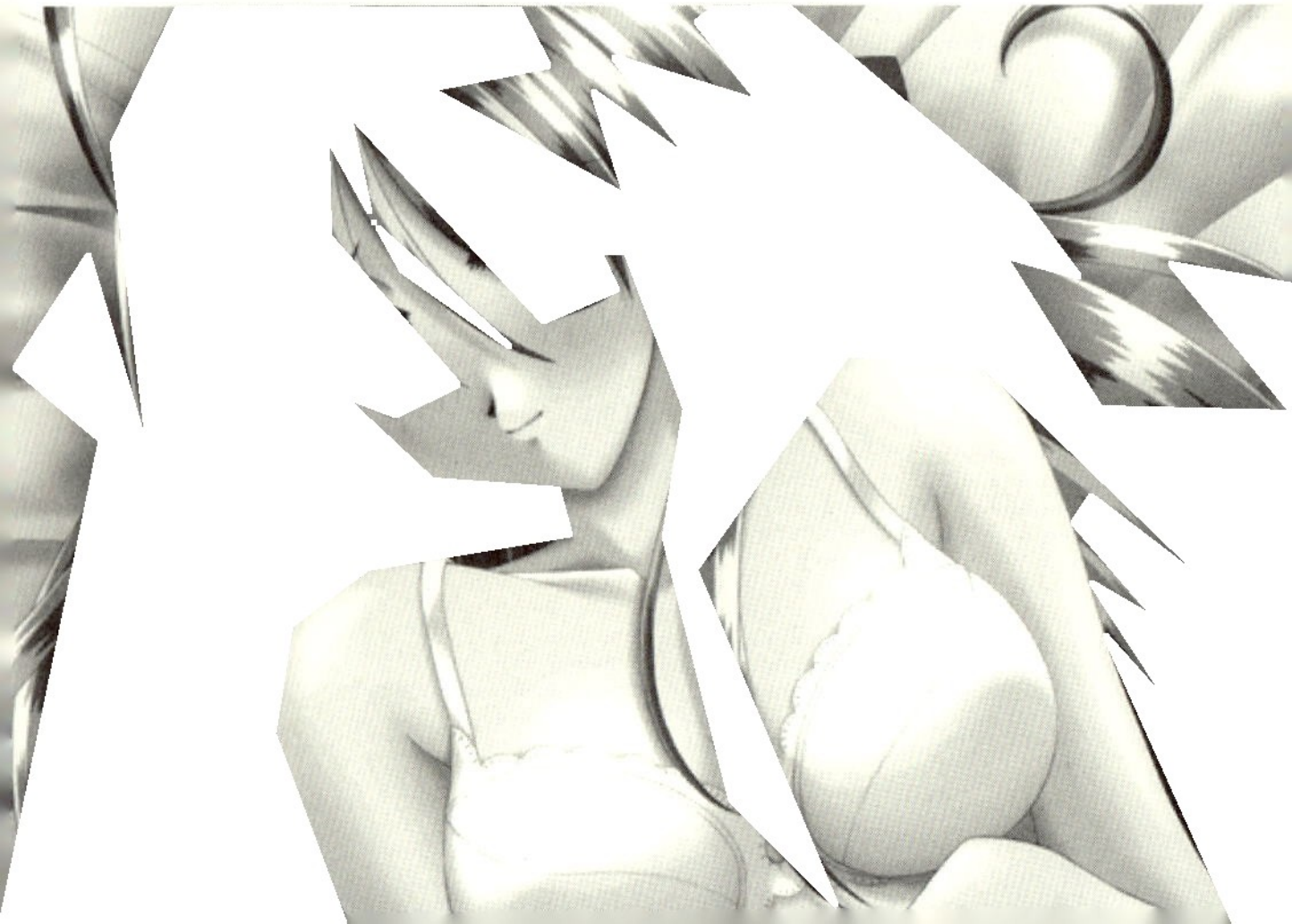

衣所に彼女の下着が置かれているのを見たり、裸で湯船に浸かっている姿を、曇りガラス越しに眺めたり、できるかもしれないのだ。

　女にモテた経験もない大輔は、今まで彼女がいたこともなかった。当然、童貞である。むつみと毎日一緒に過ごしているうちに、ふ……ッ、とお互い、いいムードになって、流されるままに、求め合う、なんてことも期待できる。

　自分の童貞を捨てさせてくれるかもしれない女性の顔を、大輔はじっと見つめた。だが、むつみはそんな企みに気づくこともなく、のびをしている。

「あ～あ、なんだか片づけしていたら疲れちゃったな～。今日はもう、シャワー浴びて、寝るね。この和室のお布団、借りるからね」

　などと言って、押入から来客用寝具を引っ張り出している。

　シャワールームに向かう途中で、むつみが振り返り、

「大輔ちゃん、覗いたりしちゃ、ダメだからねッ！」

と念を押してくる。実のところさりげなく通りかかったフリをして、浴室の中を窺《うかが》おうかとも思っていたのだが、むつみも、下着姿を見られたこともあり、警戒しているらしい。

仕方なく、今日のところは諦めて、大輔は二階の自室に戻り、ベッドに寝そべった。

　何の変哲もないいつもの自分の部屋である。ＴＶがあり、ステレオがあり、本棚と机が並んでいて、青い掛け布団が乗ったベッドと、その脇にはアイドルタレントのポスターが

張ってある。片づけろとうるさい親もいないから、それなりに散らかってもいる。

いつもと同じ部屋のはずなのに、いつもとは何かが違う気が、大輔にはしていた。

階下からは、甘い匂《にお》いが漂ってくる。むつみが持参したシャンプーの香りなのだろう。バスルームの中では、クラスメートのむつみが今、全裸でお湯を浴びているはずである。

先程目にした彼女の下着姿が、大輔の頭にフラッシュバックしてきていた。

むつみのことは、小さい頃から一緒に遊んできたせいか、女の子として意識したことは、正直言って、あまりなかった。それだけに、なかなか衝撃的な光景ではあった。ぽっちゃりしている感じはあったが、あれほど乳房が丸くて豊かだなんて、思いもよらなかったし、恥丘の部分がぷっくりと盛り上がっているのも可愛らしかった。あの薄いランジェリーの一枚向こうは、もう、彼女の生の肌なのである。

むつみの全裸を見てみたい、できれば、直に触れてみたい……。

そんなことを考えているうちに、大輔は悶々《もんもん》として、思わず右手が股間《こかん》に伸びてきてしまっていた。

まだ、夜の十時である。

これから毎晩のように、刺激的なことが起きる予感がして、大輔はむつみの濡《ぬ》れた肌を想いながら、すでにしっかと勃起《ぼっき》していたペニスを掴み、思いきりコスり始めた。

第一章　スクランブルで悲喜こもごも

1

ゆさゆさ、ゆさゆさ、とベッドと自分の肩が揺れているのに気づき、大輔はハッ、として飛び起きた。

目の前には、驚いて口をあんぐりと開けている月野サラシアの姿がある。

サラシア、通称サラ、は、大輔の従姉妹で、三軒隣の真紀叔母《まきおば》さんの家に住んでいる。独身主義の叔母が、子どもは欲しい、ということで、はるばるスリランカから身よりのない赤ん坊のサラを引き取って、かれこれ十五年あまり……。サラは、やや褐色の肌がとても健康的なセクシーさを醸し出す、少女へと成長してくれた。

「おはよ、お兄ちゃん。今日は寝起きいいね」

サラは目を丸くしている。いつもなら、何度ゆすっても、しばらくはびくともしないからだ。両親が海外赴任してしまって以来、遅刻続きの大輔を心配して、こうしてサラは毎朝のように起こしに来てくれている。

「あ、ああ、昨日、早く寝たからな……」

大輔は目をこすりこすり、慌てて周囲を見回した。むつみの形跡がどこかに残っていやしないか、と気になったからだ。

「どうしたの？　何か探してるの？」

ポニーテールをゆさゆさささせながら、サラが大輔の顔を覗《のぞ》き込んでくる。大きな黄色いリボンと、少しブルーがかった丸い瞳が愛らしい。全体的に小柄な彼女のことを、ひとりっ子の大輔は、ずっと妹分として可愛がったり、かばったりしてきた。だからこそ今でもサラもなついてくれるわけで、その甘えた仕草が愛おしくて、ついつい頭を撫《な》でたくなってしまう。

「い、いや、その……」

大輔はおほん、と咳払《せきばら》いをし、

「ちょっと……シャワーでも浴びてくるよ」

そう言って、立ち上がると、

「やんッ☆」

サラの目線が、股間《こかん》に行き、真っ赤になる。

「おっと……、失礼……」

大輔は慌てて再び布団に潜り込んだ。男の生理現象がにょっきりとそびえてしまっていたのである。

「サ、サラ……、先に学校に行ってるね。あ、おにいちゃん、コレ……」

バンダナにくるんだ包みを、サラが差し出してきた。おかずが余った時は、大輔の分までお弁当を作ってきてくれるのだ。

「お、サンキュ」

「それじゃ……ッ」

サラはちらッ、と上半身裸の大輔に視線を投げた後、恥ずかしそうに目を伏せ、階段をぱたぱたと駆け下りかけたが、途中で戻ってきて、ちらっと部屋に顔を出しながら、

「あの……ね、アバンティでビーフシチューが出るようになったんだよ。よかったら、夜ごはん、食べに来てね……」

と、照れながら、切り出してくる。

「おッ、新メニューか、うまそうだな」

アバンティとは、駅前にある喫茶店で、サラはそこでバイトをしている。大輔は食事を作るのが面倒になった時、何度かそこに行ったことがある。ちょっと制服がミニスカートすぎる気がするが、観葉植物が溢れ、雰囲気のいい店で、マスターもいい人なので、大輔も気に入っている。

「行けたら、今夜、行くよ」

そう答えると、サラは嬉しそうにぱッ、と顔を輝かせて出て行った。

その後、朝立ちを鎮める儀式をささッと行ってから制服に着替え、階下に降りると、制服姿のむつみが出てきて、

「ふ～ん……。サラちゃんに毎朝、起こしてもらっている、ってわけだ……」

と、じとっとした目でこちらを睨《にら》んでいる。

「悪いか？」

「悪いっていうか……子どもみたい、大輔ちゃんたら。自分で起きられないなんて。それに、それ……お弁当……？　サラちゃんに随分苦労かけちゃってんのねえ～」

チクッと来ることを言われ大輔も腹が立った。彼女の存在がサラにバレてしまうのではないか、と慌てて飛び起きたり、朝からあれこれ気を使っていたからだ。

「俺のプライベートに色々文句つけるようなら、出ていってもらうぞ」

そう脅すと、むつみは急に猫なで声になり、

「ごめ～ん、大輔ちゃぁ～ん☆」

とすり寄ってくる。あほらしいので、

「俺、先に行くから戸締まり頼んだぞ」

と、合い鍵《かぎ》を放り投げると、大輔は外に出た。

「あ～ン、大輔ちゃん、朝御飯はないの～？」

「俺、駅前の立ち食いそばで食う」

「え～ッ……」

何事か喚《わめ》いているむつみを置いて、大輔は学校へと急いだ。別に急ぐ必要もなかったのだが、大変な状況になっている我が家から早く離れたくて、つい、足を速めてしまう。こ

れから毎朝、こんな騒動が待っているのか、と思うと、早くも気が重くなってもいた。この分ではサラにバレるのは時間の問題のような気もしたし、その時サラはどういう反応をするのか、考えるのも恐ろしかった。純な従姉妹のことだ、大輔のことを不潔人間呼ばわりして嫌悪するかもしれないし、そうなったらまた説明が面倒くさそうで、ため息が出てくる。

「なーに、深刻ぶってんの～？」

ドーン、と背中を押され、大輔は振り返った。こんな乱暴なことをする女は、大輔が知る限り、ひとりしかいない。クラスメートの君島紀香である。ジン、と背中が痺《しび》れた。

「てて……。そういうお前は、朝からえらく元気だな」

「ふっふっふ……」

紀香は両手を腰につけ、不敵な笑みを浮かべている。ツヤツヤに輝く長い髪、整った彫りの深い顔、そして何より制服の上から見てもはっきりわかるほどの巨乳が、彼女の魅力だった。黙っておとなしくしていれば、絶対にモテるのだろうが、唇を開くと憎まれ口、手を動かせばプロレス技しか出てこないので、男子生徒は怖れて近づけずにいる。

「あのね～え、あたし、スカウトされちゃったんだ～ッ！」

「スカウトって、ＡＶのか……？」

次の瞬間、大輔の目の前が真っ暗になった。紀香に脳天チョップを食らったからだ。

「どーッして、AVなのよッ、このヘンタイッ！」

本気で怒っているらしく、さらなる攻撃を仕掛けてこようとしているのを必死に制しながら、ちらッと乳房に視線を移し、

「悪かった悪かったよ、お前、スタイルいいからてっきりそっち系かと……」

「やッ……やぁねッ、どこ見てんのよッ！」

誉《ほ》めてやると、紀香の顔がみるみる紅潮した。

「AVじゃなくて、モデルにスカウト、されたの」

「へぇ〜モデル？　すごいじゃん」

紀香は脚も長いし、身長もそこそこある。案外向いているかもしれないな、と大輔も思った。

「モデルだと喋《しゃべ》らなくていいから本性もバレなくていいし、お前向きだな」

……余計なことを言ってしまったがために、大輔の頭に再び激痛が走る羽目になった。

「有名モデルが大勢所属してるプロダクションなんだよ。もう、昨日から家中で、大騒ぎ」

「お前……契約するわけ？」

「まだ決めてないけど、結構興味、あるわよ」

紀香は大輔の顔色を覗き込んでくる。

「それともなぁに？　大輔は、あたしが有名人になって、遠い存在になるのは、イヤ？」

「なッ……」

　突然そう問いかけられ、大輔は返答に詰まった。

　確かに、紀香が忙しくなれば、学校も休みがちになるだろうし、こうしてフザけあうこともしづらくなるかもしれない。それは淋《さび》しいことは淋しいが、紀香が夢に向かって進んでいくことは、いいことだし、恋人でもないのに、邪魔することは、できない。

「べ、別に……」

　気の利いたことが言えず、大輔は口をもごもごとさせた。紀香はすっかりソノ気らしく、スーパーモデルのＴＶＣＭのダンスシーンなどを真似している。

「ここで男の人の手を取って、ターンするんだよね☆」

　なりきってはしゃいでいる紀香の手のひらは温かく、未来の希望に燃えているようで、大輔は微《かす》かに羨《うらや》ましかった。大輔自身は、まだ将来の夢など何も決めていなかったからだ。

「むつみにも報告したいのに、あいつったら、どこ行ったんだろ？　昨日ピッチで何度も呼んだのに、出なかったんだよ……」

　突然、むつみの話題が出て、大輔はぎくり、とした。紀香とむつみは、親友なのである。

　だが、どうやらむつみは紀香にさえも、家出したことを言っていないらしい。

「さ、さあ……？」

　俺の家で同棲してます、なんて言ったら大変なことになるので大輔はひたすらとぼけな

がら、学園の門をくぐった。この荒巻学園は、新興住宅地に建っている私立の学校で、バイトOK、ひとり暮らしOK、というわりと自由な校風がウリだった。だが、いくら生徒の自主性にまかせるのがモットーとは言っても、同棲は、認めてはくれないだろうなぁ、と気持ちを沈ませつつ、大輔はレンガ造りの三階建ての校舎を仰いだ。

「あッ、宏美《ひろみ》～ッ！　聞いて聞いて、あたしったら、昨日ねぇ～」

紀香はそこで友達を見つけ、スカウトの話で盛り上がっている。彼女と離れ、下駄箱に向かうと、その前の廊下を、本が横切ろうとしていた。

いや、本が自力で動けるわけがない。大量の書物を抱えた女生徒が、ゆらゆら、ふらふら、と歩いていたのだ。何十冊と高く積まれた書籍は少し斜めになっており、今にも崩れそうになっている。

「危ないですよ」

大輔は前に進み出て、本を押さえた。書物の山の向こうから、見知った顔が覗いている。

「……あ、大輔くん……」

いつものように力無い声、弱々しい微笑《ほほえ》み。

一学年上である五十嵐優菜が、大輔の姿を見て、ほっとしたような表情をしている。

「どうしたっていうんですか、こんなにたくさんの本を、朝っぱらから」

「ええと……」

優菜は、非常にスローモーな話し方をする。次のセリフを考えるまでに、一分ぐらいかかることも、ざらだ。

普通の男だったら、あまりの遅さに、イラついてしまうかもしれないが、大輔は、このテンポが気に入っていた。おっとりとした彼女と一緒にいると、自分の心まで安らげるからである。近頃の世の中はいやにせかせかしているが、優菜といると、ゆったり過ごすのもいいな、と心から思え、彼女となら何でも語り合えそうな、そんな不思議な心境にさせられていた。

むつみに優菜を紹介してもらったのは、三ヶ月ほど前のことだった。図書委員同士仲良くなったのだという。その時から、優菜の話し方はずっと、こんな調子で、のんびりとしていた。だが、むつみに言わせると、優菜がおっとりと喋るのは、ストレスのせいなのだ、という。

「なんかかね……。昔、大失恋して、その時、ストレスで声がうまく出なくなっちゃったんだって。だから、今も、ゆっくりゆっくりじゃないとお話ができないの」

むつみの説明を思い出しながら、大輔は目の前の優菜を見つめた。

お尻まである、長い長い髪。そして、そっと彼女の顔にかかっている上品なメガネ。茶色がかった知的な瞳……。たった一歳しか違わないというのに、優菜を見ると、この人は大人だな、と大輔はどこかで感じさせられてしまっていた。

第一章　スクランブルで悲喜こもごも

おっとりしていて、育ちが良さそうな彼女を、そこまで傷つけた男は、一体どんな奴なのか、そして、どんなめに優菜は遭ったのか……。

知りたい、とも思ったが、声も出ないほどのショックを受けたのだから、思い出させるようなことはしちゃいけないし、そんな突っ込んだ質問ができるほど親しいわけでもない。

「……あのね、一時間目が自習になったから……。クラスのみんなに本を運んでいくところなの……」

はにかみながら、一語一語、区切るように、優菜が語りかけてくる。

「一度にそんな、何十冊も持てるわけないじゃないですか。誰かに手伝ってもらえばよかったのに……」

大輔は半分以上の本をほいっと受け取ると、

「俺が運びますよ。先輩はE組でしたよね」

と、先に立って歩き始めた。

「あ……」

優菜は一瞬驚いたように立ち尽くしていたが、慌てて後からぱたぱたとついてくる。

「あ……、ありがと……う」

控えめなセリフが聞こえてきて、大輔は妙に嬉しかった。

だが、せっかく鈴が鳴るような彼女の声の余韻を楽しんでいたというのに……。

教室に入った途端、

「あッ、大輔ちゃ〜ッん☆」

と、駆け寄ってくる大バカ者の姿が目に入ってきた。

「しッ、学校じゃあんまり話しかけるなって言ってるだろ？」

噂《うわさ》が立って、いずれ同棲がバレてしまうのでは、と気が気ではない大輔だったが、むつみは涼しい顔で、

「だって……鍵、なくしちゃったんだモン……」

と打ち明けてくる。

「バ、バカ、教室でカギとかそういうビミョーな話題を出すな」

廊下にむつみを引っ張って出た途端、大輔は、

「鍵なくしただとぉ？　どこでだ？」

「んっと……わかんない。お家から出ようとしたら、なかったから、多分家の中だと思うんだけど……」

むつみの言葉に、大輔は青ざめた。

「おい、ってことは、鍵開けっ放しで学校に来たってこと？」

「そうだよ。だってしょーがないじゃない。見つからなかったんだも……」

最後まで聞かないうちに、大輔は廊下を駆けだしていた。

近頃、近所で空き巣やピッキングドロが増えているので、戸締まりは厳重にしなければ、と思っていたところだったのだ。

大して価値のあるものなど家の中にはなかったが、それでも泥棒に無料で進呈できる物など、ひとつもない。特に宝物であるマウンテンバイクやノートパソコンを持って行かれたら、泣いても泣ききれない。

むつみがいるばかりに起きるハプニングの連続に追いまくられている自分が情けないやら面白いやらで、走りながら、大輔は苦い笑いを浮かべていた。

2

「だーかーらぁ〜、ごめんね、ッて、言ってるじゃな〜い」

むつみがお茶をリビングのテーブルに置いた後、大輔を拝むように両手を顔の前で合わせている。

だが、大輔はすぐに許してやる気には、到底なれなかった。

今日一日、すっかりむつみに掻《か》き回されてしまったから、である。

朝はいきなり鍵紛失事件が起きたし(あの後、むつみの制服のスカートのポケットから合い鍵は無事出てきて、なおのこと、腹ただしかった)、昼は昼で、むつみが大声で「大輔ちゃんにはサラちゃんが作ってくれたお弁当があるもんね〜」とサラの手料理の存在をバラされてもしまった。

「お前な〜、俺は、おかげで友情までヒビが入るとこだったんだぞ？」

「え？　友情って？」

むつみに不思議な顔をされたが、慌てて大輔はごまかした。

大輔の親友であるクラスメートの穂刈清《ほかりきよし》は、なにを隠そう、前からサラに好意を寄せていたのだ。類は友を呼ぶという感じで、ヤツもこれといって特徴のない普通の顔にニキビをトッピングさせ、大輔の身長を五センチ高くしたような男であり、当然彼女いない歴は、産まれてからずっとだったわけで、童貞仲間でもある。

シャイな清は、サラのことを一目見た時から好感を持っているのに、うまく口をきくこともできずにいる。近々、大輔は彼のために何とかグループデートなどの機会を作ってやるつもりでいたのだ。

それなのに清をさしおいて、毎朝サラに起こされたり、弁当を渡されたりしている現状が申し訳なくて、ついつい、このことを、今まで奴に言いそびれてきていた。むつみの一言でそれらのことが明るみに出てしまい「どうして俺に黙ってたんだ。俺はてっきり家政婦さんが作ってくれたものかと思っていたぞ。サラちゃんのお手製のお弁当だったんなら、もっと早く言ってくれ」と随分となじられてしまった。おかげで、サラちゃんに世話してもらっているのを隠していたペナルティーだ、と、今日の弁当はすべて清の腹の中に消えていってもしまった。せっかく大輔の好物のカツ丼だったというのに……。

空腹のまま放課後を迎え、大輔は一目散に喫茶店アバンティに駆け込んだ。

少し夕食の時間には早かったが、とにかく腹を満たしたかったのである。いつもなら
「いらっしゃいませ、お兄ちゃん☆」と嬉しそうにサラが出迎えてくれる。そうしたらどっかりと隅の席に腰掛けて、注文するのが大輔の常だった。ものすごく腹が減っているので、新メニューのビーフシチューのことを考えただけで胃腸がぐにゅぐにゅと動いている。

だが、今日の、

「いらっしゃいませ～ッ！」

は、サラの声ではなかった。しかも、どこかで聞いた、妙に慣れ慣れしい声……。

ミニスカートから伸びたむっちりとした脚に、つんと突き出した乳房も、サラのものとは違う。サラはもっとか細い脚だし、おっぱいはこんなに大きくは、ない。

ウェイトレスの顔をおそるおそる見て、大輔は絶句した。

「むつみ……」

なぜか彼女がアバンティの制服を着て、喜色満面で立っていたのである。

「……なんでお前、わざわざあの店、選んだんだよ……」

店内でケンカするわけにもいかなかったので、大輔はバイトを終え、家に帰ってきたむ

つみを掴《つか》まえて、絡んだ。今日の大輔の一日は、至るところでむつみに掻き回され、全然平穏ではなかった。家に彼女がやってきた途端、こんななので、いささかうんざりもしてきている。四六時中目の前にむつみがチラチラしている感じで、どうにも落ち着かないのだ。

「なんで、って……。ちょうど店の前を通りかかったら、バイト募集の貼り紙があったんだもん。時給も悪くなかったし……」

むつみは悪びれずに答えた。

「だからって、俺がよく行く店をよりによって選ぶことないだろう？　一緒に暮らしてるのがバレたらどうすんだよ」

「大丈夫よ、うまくやるから……」

「ちっともうまくやってないじゃねぇか……」

昼間の弁当の怨《うら》みも重なり、大輔はぶちぶちと文句を繰り返したが、むつみはあんまり耳に入れていないようで、ＴＶドラマの方に目を奪われている。

「聞いてないじゃん……」

大輔がテーブルのお茶を啜《すす》ると、

「きゃあぁッ！」

むつみが大声をあげた。

「大輔ちゃん、それ、私のお茶ぁ〜ッ、やだやだ、もうッ！　間接キスしちゃったじゃな〜い」

慌てて湯飲みを奪うむつみに、

「……もう、いい」

さすがに頭に来て、大輔は立ち上がった。

「俺、フロに入るわ」

今まで気ままなひとり暮らしだった。リビングではごろ寝をしたり、TVゲームに興じたり、時にはエロビデオを観たり、と好き放題に過ごしていたのだ。だが、むつみがいることで、そうしたくつろぎの時間が思うようにとれもしない。

こんな生活がいつまでも続くのか……、と思うと大輔はそれだけで疲れていた。そもそもなんでむつみを家に入れてしまったのか……と、激しい後悔が襲ってもくる。

湯船に全身を沈め、どうにかムカつきを抑えようと目を閉じていると、

「大輔……ちゃん……」

バスルームのガラス戸が開き、むつみが顔を出している。

「……なんだよぉ」

顎から上だけを湯から出した状態で、大輔は無愛想に返事をした。

「入浴中に勝手にドア、開けんなよな」

「ごめん……だって……、大輔ちゃん、なんか、怒ってるから……」

さすがにまずいと思ったのか、泣きだしそうな顔で、むつみがそろそろと風呂場に入ってくる。彼女の身体が白い湯気の向こうに見えて、大輔は息を呑《の》んだ。

紺色のスクール水着姿で、むつみがもじもじ、と立っていたからである。

「背中……流してあげる……」

どうやら家出する時に水着まで持参してきたらしい。風呂場に水着、という格好は、かえって恥ずかしい気がして、大輔のほうも、もじもじとしてしまった。

大輔の学園では、水泳の授業は男女別々に行われるため、むつみの水着姿を見るのは、これが初めてである。

(意外と……〝ある〟じゃないか……)

昨日、ちらッと下着姿を見た時も、わりと胸にボリュームがあるな、とは思っていたのだが、水着の下の膨らみを改めて観察してみると、丸々とした乳房が、スイムウェアの下で窮屈そうにしている。肩紐《かたひも》を下ろせば、ぷるん、と躍り出てくるであろうバストを見て、大輔の股間はすぐさま生理的反応を起こしてしまう。

「大輔ちゃん……、おフロから出て。背中洗ってあげるから……」

むつみもさすがに照れ臭いらしく、両手をお腹の前でこすり合わせながら、切り出してくる。だが、そそり勃《た》ってしまっているペニスを見られるのもまずいから、大輔は尚一層意固地になって湯船に浸かったままでいた。

「いいよ、自分で洗えるし」

「そんな……それじゃ、私……困る……。大輔ちゃんにあやまりたかったのに……。私、どうしたらいいの……？」

むつみの顔がくしゃ、と歪《ゆが》んだ。ぽろん、とガラスのように輝く涙が、一粒こぼれ落ちてもきた。うわ、まずいな、という気持ちと、むつみの水着姿をもう少し見たい、というスケベ心で、大輔は、

「しょーがねぇな、そんなとこにずっと立ってたら、寒いだろ？　一緒にフロ入るか？」

と、声をかけてやった。

むつみの恥丘は、ぷくんと膨らんでおり、撫で心地がとても良さそうだった。この丘の向こうには繁みがあり、それを掻きわけると女の部分があるんだな……。そんなことをまた考えてしまったがゆえに、大輔の股間はますます血を結集させてしまっている。むつみに気取られないよう、太腿《ふともも》の間に無理矢理それを挟み込むと、

「別にいいじゃん、混浴温泉だと思えば、さ」

とむつみを招いた。

「う……ん……」

顔を赤らめながら、むつみが湯船に近づいてきた。大輔の裸体にちらッ、と視線を走ら

せ、そしてまた羞《は》じらっている。

「なんか……恥ずかしい……。私は水着だけど、大輔ちゃん、ハダカ、なんだもん……」

「俺は平気だぞ？　なんならむつみも脱ぐか？」

「やッやだッ」

むつみは首を横に振った。

「私は水着で、いい……」

そうして、背を向けて、湯船をまたぎ、入ってくる。一瞬開いた彼女の股間を、大輔は見逃さなかった。僅《わず》かに中心部分が凹み、一本のラインができていた。あれが、ワレメなのかもしれないな、と想像しながら、目の前に迫る彼女の丸い肩や温かそうな背中を見つめた。

むつみが身を沈めると、湯が溢れ、ざざん、と排水溝に流れていく。

「……やだ、もったいないね」

「別にいいよ」

狭い湯船である。むつみは肌と肌が触れ合わないよう気を使って隅の方でちんまりと浸かっている。身体を縮めていて、緊張しているようだ。ぷにぷにしていそうな真っ白な背中を見つめているうちに、彼女を抱きしめたい衝動に大輔は駆られていた。

「……結構、熱いお湯に入ってるんだね、大輔ちゃんって……」

振り向いたむつみの頬《ほお》は、すでにピンク色に火照っている。

「なんだか、すぐに茹《ゆ》だっちゃいそう……」

きっと身体のほうもピンク色になっているんだろうな、と思うと、ぺろりと紺色のナイロン生地をめくってその染まり具合を見てみたくもなってくる。

もっとこっちに来いよ、と言いたいのだが、そんな恋人みたいなこと言うのも照れるので、大輔は後ろから、

「何、恥ずかしがってんだよ」

とからかうように声をかけるくらいしか、できなかった。

「だって、だって、恥ずかしいよ……」

一緒に暮らすようになってわかったのだが、むつみは案外と純情なのであった。いつもは底抜けに明るいし、平気で大輔の家に押しかけてきたりもしていたので、性の経験もあるほうなのかな、などと思っていたのだが、下着姿を見られたと言っては騒ぎ、間接キスをしたと言っては騒ぎしている彼女の様子を見ると、どうもあまり男慣れしているようではなかった。

そんなむつみが、一緒にフロに浸かっているのだから、彼女なりに相当の決心をしたのだろうな、と大輔は急に愛おしい気持ちがこみ上げてきていた。むつみは心配そうに、

「ね……もう大輔ちゃん、怒ってない……？　私、なるべく大輔ちゃんの生活、邪魔しな

いようにするから……だから、家に置いてくれる……？」

と、しおらしく尋ねてくる。

「別に、追い出したり、しないよ」

「ほんと？　ほんとに？」

「ああ」

一瞬流れたいわゆるいいムードに乗って、大輔はすッ、と彼女の腰を後ろから抱いた。

「むつみがいたいだけ、ずっと家にいて、いいよ……」

「だ……大輔ちゃ……ん……」

むつみの身体がきゅッ、と固くなる。大輔は後ろからぴっとりと、彼女の身体に貼りついてみた。女の子の肌は、予想していたよりもずっと柔らかく、肩も腰回りも、ぷにゅぷにゅと弾んでいる。

少し震えているむつみを優しく抱きしめながら、大輔は少しずつ彼女の乳房に近づいていった。むつみも抵抗はしていない。

チャンスだ、と思い、両手で二つの膨らみを掴むと、

「あぅン……ッ！」

むつみがぷるるッ、と痙攣《けいれん》した。

「むつみ……」

触らせろよ、とか、好きだよ、とか、何か言うべきなのかもしれなかったが、うまい言葉が見つからず、大輔はただただその柔らかさの中に指をめり込ませていた。

バストはふわふわと柔らかく、お湯に浮いているせいもあって、大輔の指の中で自由にその形を変化させていく。指の間からはみだしたり、手のひらの中いっぱいに納まったりと蠢《うごめ》く乳丘の感触が心地よくて、大輔は何度も何度もふもとから天辺へと揉《も》み上げていった。

「あッ、あッ……、だ、大輔ちゃんったら……ッ。どこ、触ってんの……？」

息を弾ませながら、むつみが振り向いてきた。その瞳は突然起きたいやらしいシチュエーションに感じているのか、少しだけ濡《ぬ》れている。

「おっぱい触ってるんだよ」

大輔はひとことだけそう答え、むにむに、と力を込めて揉みしだいてやった。

「ああッ……や、やだ……ッ」

「やだ、って言ってるわりには、ほら……」

大輔は乳房の頂点をつん、と突いてやった。

「ここ、勃ってるじゃないか」

「ん……ッ、や、やだ……ッ」

揉んでいるうちに、乳首がツン、と尖《とが》ってきていることに、大輔は気づいていた。彼女の身体はお湯のせいなのか、それとも興奮のせいなのか、ぽうっと火照っているのがわかる。大輔はもどかしくなって、彼女の水着の肩紐のラインを何度も撫でた。今のムードなら、つるん、とこれを下ろし、バストを剥《む》き出しにしてしまっても許されるような気がしたからだ。

「だ、大輔ちゃんだって……大きくなってる」

「俺？　俺が？」

むつみはこっくり頷《うなず》くと、

「当たってるもん……なんか、固いモノが、背中に……」

と訴えてくる。興奮のあまり、気づかぬうちに、ごりごりとむつみの背中にこすりつけてしまっていたらしい。

「しょ、しょーがないだろ、男なんだから……」

どさくさに紛れ、大輔は水着の脇から両手を潜り込ませた。

ぷるぷると肉を震わせている乳房を、ナマで掴んでやる。

「あッ、あぁぁンッ、そ、それは、ダメぇ……ッ！」

むつみが慌てて大輔の手を振り払うと、ざばぁーッ、と立ち上がった。

「わ、私……、もうあたたまったから、出る……ね！」

むつみは濡れた瞳のままそう言うと、急いでガラス戸を開け、出て行ってしまった。

そして、男が絶対に持っていないつるつるふわふわとした柔らかみの余韻だけが、大輔の手のひらに残されていた。

3

「う～ン……」

眩しい朝の光がカーテンの隙間《すきま》からベッドの上の大輔にと注ぎ込んできている。

いつもならサラに揺さぶられ、眠い目をこすりこすり無理矢理起床するのだが、今日は、なんだか気分が違う。思いっきり寝て、爽《さわ》やかに目覚めた感じだ。夕べは午前二時までTVゲームをやっていたのだが、そのわりには眠気も、目の疲れもない。

「いい朝だな……」

独り言を呟《つぶや》きながら部屋の時計をちらっと見て、大輔はぎょっ、とした。

なんと、十時を指していたのである。

「な、なんだぁ？　起こしてくれなかったのかよ、サラのやつ……ッ！」

慌ててベッドから出ると、どんッ、と誰かにぶつかった。

「あ、すいません……って、あれ？」

部屋に人がいるわけがない、と思ったのだが、床にはなぜかサラが座っており、ぼうっと雑誌をめくっている。

「な……ッ、ど、どうしたんだ、サラ。いるなら起こしてくれればいいじゃないか」

「う……ん、あのね……」

サラは元気のない声で、小さな手のひらを膝《ひざ》の上に置いて、ぎゅ、と握った。

「考え事してたら、ぼーっとしちゃってたみたい……」

「遅刻するほど重大な悩みでもあるのか？」

どうせ一時間目には完全に間に合わないので、いっそサラの話を聞いてやるか、と大輔はベッドに座り、彼女に向き合った。

「う……ん……」

サラは消え入りそうな声で、

「サラね、リップクリーム塗ってこなかったのを思い出して、今朝、お兄ちゃんのお家の洗面台を借りたの」

と語り始めた。何やらいやな予感がしたのだが、大輔は黙って先を促す。ひょっとしてむつみとバッタリ遭遇したのではないか、という危機感を抱きながら……。

「そしたらね……、歯ブラシがね……二本、あったの」

サラの言葉に、大輔はぎくッ、とした。むつみが図々しくも歯ブラシスタンドにピンク色のものを差していたのを思い出したからだ。本当なら隠しておかなければならなかったのに、すっかりうっかりしていたのである。

「ああ、あれな……」

なんとか言い訳せねば、と必死に起きたての頭を動かしていると、サラが泣きだしそうな声で、

「お兄ちゃん……、誰か女の人を泊めたりしてるの？」

と鋭い質問を浴びせかけてくる。

「ば、バカ、そんなこと、するわけ、ないだろ」

「別に……いいんだよ、泊めたって……」

サラはどこかあきらめ口調である。

「お兄ちゃんが本当に好きな人と結ばれるのなら、いいの。だけど、サラ、一夜限りの関係とか、そういう遊びは、あんまり好きじゃないから……」

「サラったら……考えすぎだよ……」

背中を冷や汗でじっとりと冷たく濡らしながら、

「俺がそんなにモテるわけないだろ？　あれは、歯ブラシが切れちゃって、コンビニに行ったら、あんなピンクのしかなかっただけ。もう一本の歯ブラシは、もう毛先が開いちゃって使い物にならないから捨てるとこだったんだよ」

「え……そ、そうなの……？」

サラは慌てて洗面台に走っていった。そして戻ってくると、

「ほんとだ、こっちの青い歯ブラシはもう、ぼろぼろだね。サラ、捨てておいてあげる」

とにっこり微笑んだ。実に嬉しそうである。

「変なこと言っちゃって、ごめんね、お兄ちゃん」

「別にいいよ」

「サラね、ひょっとしてお兄ちゃんが性欲を持て余して、女遊びを始めたんじゃないか、って思っちゃったんだ」

「せ、性欲⁉　女遊びぃ⁉」

幼顔の従姉妹からそういうどぎつい単語を聞いて、大輔は目をぱちぱちさせた。

「うん。だって……このあいだも、今日も……。なんかお兄ちゃん、いっつもコーフンしているみたいなんだもん」

サラが指さす先には大輔の股間がある。

「あ、コレか……、コレは、だな……コーフンしてるわけじゃなくて……」

大輔はおほん、と咳払いをした。あまり知識のない妹分にこういう話をするのは、気恥ずかしいのだが、教えておいたほうがいいような気がして、仕方なく口を開く。

「朝になると、オシッコが溜まっているせいもあって、自然に勃起《ぼっき》しちゃうんだよ。健康な男なら、みんなそうなんだぞ」

「え、お、オシッコ……なの？　そうなんだ……？」

サラはきょとんとしてそれでも股間に注ぐ目線を外さないままでいる。彼女は養母との二人暮らしなので、男性の存在が身近ではないだけに、男の身体が物珍しくてならないようだった。

ごく普通の家庭だったら、父親と一緒に入浴したりするから、自然と性教育というものができるのだろうが、サラの場合、家族は真紀叔母さんだけなのだから、男に対して余りにも無知なのも、わかる。大輔は兄心が出てきてしまい、つい、要らぬ一言まで述べてしまっていた。

「興味あるんなら、触ってみるか？」

「…………え……ッ？」

……気まずい沈黙が二人の間に流れた。

サラは返事に苦労しているようで、おでこや耳たぶまで赤くしてこちらを見ている。

「ごめん……、冗談だから……」

大輔は慌てて取り繕おうとした。

本当に、いやらしい気持ちで言ったわけではなく、親戚《しんせき》として、父親代わりに、自分が性教育の相手をつとめようか、と思ってのセリフだったのだ。だが、そんな説明をする間もなく、サラの小さな手が、伸びてきている。

「さ、サラ……」

「お兄ちゃん……、ここ？」

パジャマの上からすうっと触れられただけで、びくん、と大輔のペニスは反応した。サラのドキドキが伝わってきたのか、肉茎も、脈打ち始めている。

「やッ！　動いたッ！」

サラが目を丸くしている。

「気持ち良くなると、動いたりもするんだよ」

そう言いながら、大輔は再び亀頭をぴくぴくさせてみた。

「すご……い……。どんな風になってるの……？」

本気で驚いているサラにさらに見せつけたくなってしまい、大輔は黙ってパジャマのズボンを下げた。

「あ……ッ！」

サラは一瞬、身を引きかけたが、好奇心には勝てず、視線はしっか、と肉の棒に注いでいる。童貞の大輔のペニスは、天を向いてそそり勃っており、集まった血が、男幹全体をサーモンピンクに染めている。

「……ほら」

女の子に性器を晒《さら》すのは、大輔にとってもこれが初めてのことだった。サラに向けてペニスをぴくぴくと揺らしてみせると、それだけで気分が高揚してくる。

「お兄ちゃん……こんなすごいの、持ってるんだ……」

サラが大輔の膝の下にしゃがみ込み、しげしげ、と血管が張り出している男根を見つめている。

「これ……どうやったら縮むの？　オシッコしたら……？」

「まあ、普通はそうだけどな」

大輔は鼻の頭を掻いた。

「今日はちょっと……オシッコだけじゃダメかもしれない。サラに見られていつもより大きくなっちまった」

「えッ、じゃあ、どうなっちゃうの？　コレ……」

「まあ、その……自己処理するしか、ないな」

自分で根元から亀頭へと、グイ、グイ、と何度かシゴきあげて見せてみる。

「こうやってコスると、だんだん気持ちよくなってきて、射精するんだよ……」

そして、あくまでもさりげなく、を装い、サラに、

「……やってみるか？」

と、誘ってみた。

「えッ……」

絶句していたサラだが、やがて、気の毒そうな顔になり、

「うん……。だって、出さないと、お兄ちゃん、苦しいんでしょ……？」

と、おそるおそる、手を伸ばしてきた。

「……こうぉ？」

サラの手が優しくペニスをくるみ、そろそろと上に、下に、動き始めている。

恥ずかしさよりも、肉茎の扱いの方に気持ちが集中しているらしく、サラはグロテスクな棒を握ったまま、きゅ、と唇を結び、真剣な顔で指を動かしている。

「もっと強く握っていいよ」

「痛く……ない？」

「大丈夫だから」

きゅッ、とサラの小さな丸い手に力がこもった。ぷにぷにとした彼女の指の腹の温もりが直に伝わってきて、ペニスの身が引き締まっていく。

サラは注意深く、上に、下に、と手のひらを移動させていく。手のひらからこぼれた亀頭が、ぷるぷると頭を嬉しそうに振っている。

「サラ……」

不意に愛おしさがこみあげてきて、大輔は彼女の頭を撫でた。サラはそれにも気づかないほどに、肉茎をシゴき続けている。やがて、コツを掴んだのか、その動きはシュ、シュ、

という小気味いいものになってきて、それと同時に大輔の快感もグンと高まっていく。裏スジも、尖端も、彼女の指が通るたびに、ゾクゾクと気持ち良さが走った。

「もう……出るよ……」

頭を撫でながら、大輔は、そう告げた。可愛い従姉妹の手のひらに包まれた肉の棒の尖端から、どく、どく、と白い粘液が溢れていく。

「お……兄……ちゃ……ん……」

男の生理現象を目の当たりにして、サラの目はますます肉の棒に釘付《くぎづ》けになっている。少女の瞳に見つめられ、男幹は武者震いかのように、ぴくん、と痙攣した。


いつのまにか昼休みに近い時間になってしまっていた。

少し迷ったのだが、大輔はサラと一緒に登校することにした。

二人して遅刻するなんて、いかにも「いちゃついてました〜ッ！」っていう感じだから、なんとも面はゆかったが、別々に登校するのもかえってわざとらしい気がして、ここは堂々といくことにしたのである。

皆にからかわれたりすることは覚悟の上での登校だったが、運良く昼休み突入のチャイムが鳴ったばかりだったので、皆、昼食やジュースの買い出しに忙しく、並んで入ってきた大輔とサラのことなど気にとめる人は、誰もいなかった。

「……それじゃ、お兄ちゃん、サラ、行くね」

サラははにかみながら、小さく手を振った。大輔も頷き、手を振り返す。

まるで恋人同士のような甘酸っぱい雰囲気が二人の間に流れていて、大輔はひとり、照れた。今まで、サラのことは妹にしか思っていなかったのだが、今日のことで急に、グッと身も心も近づいた気もしていたのだ。

結局……、むつみと暮らしていることは、今日のところはサラにはバレなかった。バレるのはひょっとしたら時間の問題かもしれないし、そのうち朝、むつみとサラが玄関前で鉢合わせする、なんてこともあるかもしれない。その時の対応はまた考えておかなければならないのだが、ひとまず今日のところはどうにかごまかせて、大輔はほっとしていた。

サラは全面的な信頼を大輔に寄せてくれていた。今日も、二人で学校行かないほうがいいかな、と尋ねたら「お兄ちゃんと一緒なら、サラ、平気」と健気にもそう答えていた。さらに「お兄ちゃんとなら、噂になったって、大丈夫」なんて可愛いことも言ってくれている。頼って甘えてくる彼女のためなら、なんでもしてやりたい、という気持ちにもさせられてしまう。

気になっていたので少しサラに尋ねてみたのだが、彼女はむつみが自分のバイト先にやって来たことを、それほど気にはしていないようだった。

「むつみお姉ちゃんのことは前から知ってるから、休憩時間とかいろいろお喋りできて、楽しいよぉ」

と、むしろ喜んでさえいる。むつみがサラの生活まで引っかき回しているのでは……という心配は、杞憂だったようだ、と思った途端、

「だけどね……むつみお姉ちゃんって、お兄ちゃんの話ばっかりするんだよ……」

サラがちょっとだけ不満そうにそう語ったので、大輔はぎくッ、とした。

「ハハ、まあ、共通の知り合いだからじゃないのか？」

「うん……まあ、そうなんだろうけど……。でも、お兄ちゃんのこと気になるみたい」

どこか不安げな顔をしているサラに、大輔は、

「まさかぁ」

と笑ってごまかすしかなかった。

なんでもサラの話だと、むつみは全然といっていいほど料理ができないのだという。マスターやサラから教わって、一から頑張《がんば》っているのだそうだ。大輔には見栄を張ってか、

「いっぱい美味しいご飯作ってあげるから、期待してて！」

などと言っていたくせに、陰でそんな努力をしていたのか、と思うと微かに胸が熱くなってきてもいた。

むつみは今朝、バイトの早番だとかで早朝から出ていたので、起こしに来たサラには会っていない。サラは朝はバイトは入らないのだが、むつみはお金が必要だ、といって朝も

入れてもらったらしい。

　幸いにして、教室に入っても、むつみの姿はなかった。サラと一緒にいるところを見られたら何を言われるかわかったもんじゃない、と思っていただけに、ひとまず胸を撫でおろした大輔は、近づいてきた人影を見て、顔をこわばらせた。

「ふっふっふ……。大輔ったら、サラちゃんとペアで遅刻だなんて、ぁっやしーの」

　不敵な笑いを浮かべているのは、紀香だった。どうも彼女には見られてしまったらしい。

「うるせーな。あいつがハライタ起こしてたから、少し家で休ませてたんだよ」

「あら〜、お優し〜いこと……」

　紀香はなおも何かを言いかけたが、ふと、大輔の制服のボタンに目を留めた。

「ちょっと待って、大輔。ボタン、取れかけてるから、ほら、脱いで」

「脱ぐって……ここでか？」

「別にいいでしょ、下にTシャツ着てるんだろうし。さ、早くッ」

　紀香はいやに張り切って、紺の布地を受け取ると、手にしていたポーチから小さな裁縫セットを取り出し、ちっくんちっくん、と縫い始めている。

「へえ……、紀香がそんなもん持ち歩いてるなんて、知らなかった」

「女の子のたしなみよぉ、これくらい」

　少し澄ました顔で、紀香は微笑んだが、差し出された完成品を見て、大輔は、

「なんとまあ……豪快な……」

と声をあげた。ボタンは縫いつけられた、というよりは、ぐりぐりと括《くく》りつけられた、という感じだったし、糸は少し緩んでいるわ、縫い目がはみ出しているわ、で、日頃いかに針と糸を持ち慣れていないか、よくわかる出来であった。

「な、なによぉ……。文句あるんなら、他の子にやり直してもらったら？」

精一杯虚勢を張っているが、紀香は、さすがに自信なさげだった。

「いや、いいよいいよ。せっかくだからこれ、着させてもらう」

普段はケンカばかり売ってくる彼女が珍しく見せてくれた親切に、大輔は、

「ありがとな」

と礼を言った。

途端、紀香はにやけたような、それでいて困っているような、奇妙な表情になり、

「そ、そうよッ、紀香サマが付けたボタンなんだからね。大事にとっておけば、私が有名になった時にプレミアがつくかもしれないわよッ！」

なんて言い残すと、ささッ、と廊下に出て行った。

「あ、おい……」

有名になったら……なんて言うってことは、やはり、モデルクラブに正式に所属する気になった、ということなのだろうか。気になったが、聞き出す前に、彼女は廊下のはるか

遠くの方へと駆けて行ってしまっていた。

第二章　手探りのアイラブユー

1

放課後の教室は、誰もいないせいか、妙に肌寒かった。

西日が入る部屋で、大輔はため息をついて、読み終えたマンガを閉じた。清から借りた全五巻のアクション物は、なかなかの出来である。

「さて、これから、何をするかな……」

誰に言うともなく独り言をつぶやき、大輔はのろのろと鞄を持ち上げると、教室を出た。

どうも、今日は、家に帰りたくないのだ。

原因は、もちろん、居候であるむつみ、である。彼女とゆうべ、大ゲンカをしてしまったのだ。

昨日、家に帰ると、むつみがふくれっ面で待っていて、

「なんで学校遅刻したりしたの？　サラちゃんと二人で何やってたのよ？」

などと、しつこく追及してきたのが、いけなかった。

「俺のプライバシーに口を出すなって、言っただろ？」

ビシッと言い返したのだが、

「二人は付き合ってるわけ？　それなら、隠さないでそうと言ってよ。なんか、私、お邪魔ムシみたいじゃない……」

と逆に食ってかかられてしまったのだ。

「付き合ってなんか……」

一旦はそう言いかけたのだが、大輔もつい意地を張ってしまい、

「どうしてお前にそんなこと、言う義理があるんだよ？」

と突っぱねてしまい、険悪なムードのまま、大輔は家を飛び出し、ゲーセンで閉店まで粘り、それから牛丼を食べて帰宅したのだった。

家に帰ると、むつみはすでに眠っているらしく、和室の襖《ふすま》は固く締められていて、そして、リビングは少し、焦げ臭かった。

鍋を覗《のぞ》いてみると、少しコゲがついたシチューが入っており『よかったら、食べてね』とテーブルの上にメモが置いてあった。

むつみが慣れない手つきでこれを作ったことを思い、食べてあげずに深夜まで帰らなかったことを大輔は申し訳なく感じた。食べてあげたい、という気持ちはもちろんあったのだが、何しろ牛丼特盛に味噌汁《みそしる》を詰め込んだため、満腹だった。

だから、何も言わず、シチューにも手をつけず、朝を迎えたのである。

今日はまたしても寝坊してしまい、サラに起こされた時は遅刻すれすれで、むつみはすでに登校した後だったし、教室に入ってからもどうにも気まずくて、大輔は彼女に声をかけることができずにいた。

せめて『作ってくれてサンキュー。今は満腹だからまた今度食べるよ』などと書き残しておくべきだっただろうか……と考えたりもしたのだが、すでに後のまつりだった。何度かむつみと目が合ったりもしたのだが、そのたびに、ツン、とそっぽを向かれてしまった。どうやら相当怒っているらしい。

家に帰ってまた、彼女とひともめしなくてはならないのか、と思うと気が重く、大輔はぐずぐずと学校に居残っていた。教室にも飽きたので、どこか暇を潰せるところ……と、図書室に向かってみる。

室内の貸し出しカウンターには、優菜が座り、のんびりと文庫本を読んでいた。入ってきた大輔を見て、あらら、と目を見張る。

「こんちは」

「……めずらしい……わね。あなたが来る、なんて……」

つっかえつっかえ、優菜が語りかけてくる。その澄んだ声を聞いて、大輔の心は和んだ。

「今日はむつみは当番じゃないですよね？」

むつみも図書委員だから、ここでバッタリ会うのもなんなので、一応確認をとってみる。

「うん……今日は、わたし、だから……」

優菜は穏やかに微笑《ほほえ》むと、また文庫本に目を落とした。

「俺も……何か読もうかな。最近、マンガ以外読んでないから、どんなのがいいか、わかんないんだけど……」

そうつぶやくと、優菜は、自分の読みさしの本を差し出してきた。

「これ……」

「ん？」

表紙を見ると『学園連続殺人事件』とある。

「設定が……ね、うちの学校と似ているから……。なんだかとっても臨場感あって……面白い……の」

「へえ」

「わたし……もう、一度読んじゃったから、よかったら……それ、どうぞ……」

「いいんですか？」

優菜は嬉しそうにこくこくと頷《うなず》いている。

「そんじゃ、ありがたく」

本を受け取ると、優菜が、ふッ、と、遠くを見るような、どこか懐かしいような、不思議な顔つきで大輔のことを見つめてきた。

「…………？」

むつみにも驚かれているのだが、なぜだか優菜は大輔にはひどく打ち解けている。大失恋した後遺症だとかで、ひどい男性恐怖症に陥ってしまい、異性とは口もきけない状態だというのだが、大輔には微笑みかけてもくるし、かなり口調は遅いが話もできている。むつみは「大輔ちゃんって、どこか親しみやすい顔してるからね」と言っていたが、本当にそれだけの理由なのか、前から気にはなっていたのだ。

「……あ、ごめんなさい……」

優菜はぱちぱちと瞬きをして、目を伏せた。

どこか辛《つら》そうなその横顔を見ると、なんとかしてあげたくなり、大輔は、思い切って口を開いた。いつも心細そうで、時折哀しい顔色をちらっと見せたりもする彼女の内面を知りたくもあったのだ。

「イヤだったら答えなくて、いいんだけど……。失恋しちゃって喋《しゃべ》れなくなった、って本当なの?」

「……」

しばし返事をためらっているようだったが、優菜はゆっくり、こく、と頷いた。

「バカ……みたい、でしょ……そんなこと……引きずったりして……」

自嘲気味に唇の端を上げて、彼女は苦しそうに笑った。

「バカじゃないよ。それだけ、好きだった、って、ことだろ?」

誰か他の男をずっと想って、喋れなくさえなっている優菜。彼女にそこまで想われているその男のことが、無性に大輔は羨《うらや》ましくなった。大輔には、そこまで入れ込めるほどの女性はいないし、ましてやそこまで自分のことを想ってくれる女性もいない。自分の知らない深い愛の世界を優菜は知っているんだ、と思うと、彼女のことを改めて、年上なんだな、と感じてしまう。

「だけどさ……もう、その人と連絡取ってないの？　そんなに好きだったんなら、もう一回アタックしてみたりしたら、どう……？」

「……」

ふるふる、と優菜は首を何度も左右に振った。

「ダメ……なの」

「どうして？　勇気がないってこと？　またフラれるのが怖いとか？」

「ううん……。あの……ね、わたしフラれたんじゃなくて……ずっと、付き合ってた……。彼と……」

優菜はすう、と息を吸って、そして、大輔に打ち明けてきた。

「その人……死んじゃったの……。去年……交通事故……で……」

「えッ……」

優菜は泣いたりはしなかった。恐らく、涙なんて、とうに枯れていたのだろう。その代わり、少しだけ、肩を震わせている。同時にカウンターに置いた手も小刻みに震え始めていた。

「辛いこと、言わせちゃったみたいだね、悪かった」

突然愛する人が消えてしまい、絶望のどん底に沈んでしまった優菜の気持ちを思うと、大輔は何と言って慰めていいのか、わからなかった。

どうしようもなくなって、カウンターを開き、震え続けている彼女を、抱きしめる。

その男との嬉しい思い出も、哀しい思い出も、全部、優菜の身体から出ていけるように、きつく、強く、腰を抱き、背中を何度も撫《な》でてやる。

「大輔く……ん……」

優菜の手が、ゆっくり、ゆっくりと大輔の背中に回ってきた。

抱きしめ合い、それで落ち着いたのか、静かな息づかいが、彼女の顔が埋まっている大輔の胸の辺りから伝わってくる。

「優菜先輩……。辛いことあったら、いつでも俺に言っていいからさ……」

大輔はそう言って、もう一度、彼女の背中を撫でた。優菜の身体はちょっと力を入れると折れてしまいそうなほどに細い。このかぼそい身体で、抱えきれないほどのストレスを背負っていたんだな、と思い、せめてもの慰めになれば、と、二度、三度、と長い長い髪を、そして背中を、さすってあげる。

「…………」

優菜がふと、顔を上げた。

目と鼻の先に、彼女の唇があり、優菜はただただじっ、と、大輔を見つめている。

ここは、普通ならキスするシーンなのかもしれないが、大輔は当然、ためらっていた。恋人を失ったショックで言葉も出ないほどの彼女に、新たな刺激を与えてしまっていいものか、どうか……。

一瞬躊躇《ちゅうちょ》したその時、すッ、と優菜が爪先《つまさき》立ちになり、大輔に自分から唇を寄せてきた。

温かな感触が、大輔の唇に伝わってくる。

ほんの僅《わず》かな時間、キスしただけで、優菜はぱッ、と大輔から離れた。

「…………」

何かを語りたそうで、だけど、語れなさそうな、彼女の瞳にこちらまでせつなくなったが、優菜はしっかりした口調で、

「ありがとう……」

と告げてきた。そして、

「色々思い出しちゃうから……悪いけど今日は……出ていってくれる……？」

と、申し訳なさそうに、頼んできたのだった。


「……ちょっと。聞いてる⁉」

怒りを含んだ大きめの声に、大輔はハッ、として顔を上げた。

辺りにはぷーん、とソースの匂《にお》いが漂っている。

ここは、最近オープンしたての、たこ焼き屋だった。家に帰りづらく、商店街をぶらぶらしているところで、紀香に誘われ、店で向かい合っている、というわけだ。

「ごめん……なんだったっけ」

今しがた優菜とキスしたばかりで、大輔の頭はぽやん、としたままだった。どうして彼女はキスしてきてくれたんだろう……と考えても、よくわからなかったのだ。ただ、男がニガテだった彼女が、大輔には自分からキスするほど心を開いている。単なる顔見知りのはずで、それほど深い話をした仲でもないからこそ、大輔には優菜の気持ちが読めなかったのである。

「だから……。私の契約の話」

紀香は腹だたしげに、大輔の皿に残っていたたこ焼きを一つ頬張《ほおば》った。

「契約、って……。お前、ホントにモデルになるわけ？」

「うん、決めちゃった。もうオーディション用の写真も撮ったんだよ。じゃじゃーん！」

得意そうに彼女が大きな茶封筒から取り出した四つ切りサイズの大きなカラー写真を見て、大輔はごくり、と口の中に入れていたたこ焼きを飲みこんだ。

なんと、水着姿の彼女が写っていたのだ。

モデルのオーディションなのだから、身体のラインを出すのは当たり前だ、とは思っていても、クラスメートがまばゆい姿になっているのを見るのはこちらの方が気恥ずかしくなってしまう。ポーズをとっているわけではなく、ただ単に立っているだけなのだが、紀香の巨大な乳房の形がくっきりとわかるし、ウエストのくびれも、すらりと長くて真っ直ぐな脚も、丸見えである。

「どう？　芸能人っぽいでしょ」

紀香はうっすらとメイクをしているようで、唇はほんのり紅く、頬も綺麗なオレンジ色をしている。目元もくっきりとアイラインやシャドーで縁取っており、なおさら印象深い瞳になっていた。いつもの紀香とは違い、かなりのおしとやかな知的美人にも見える。

「女って、バケるんだなあ……」

「って〜ッ！」

正直に感想を述べたのに、紀香はテーブルの下から、大輔のスネを蹴ってきた。

「もう、失礼なヤツ……ッ！」

「いや、マジで、綺麗だって……。その写真……」

「……そ？」

少し機嫌を直したらしく、紀香は嬉しそうににこッ、と笑ってくる。

「だけど、巨乳だな、ほんと」

大輔は再び写真に目を落とした。くいッ、とくびれたウエストラインの上から、すぐに彼女の乳房が始まっている。少し外向きのバストは尖《とが》りぎみで、張りがあり、ひどく形がいい。まるでどこかのヴィーナスの彫像のおっぱいのようだ……と、惚《ほ》れ惚《ぼ》れ見ていると、

「もッ、や、やだッ！」

紀香はうろたえて、慌てて写真を取り上げた。

「何、照れてんだよ。これから大勢の人の前で水着姿、晒《さら》すことになるんだろ？　そうなったらモテモテになってカメラ小僧とかに水着姿撮られるかもしれないぞ？」

「ん……そうだけど、でも……さ」

紀香はため息をついた。

「禁止なんだって……。男女交際」

「え？　じゃあいくらファンができても、ヤリ放題ってワケじゃないのか？」

「ほんと、あんたって、下品……」

再びスネをこつん、と蹴った後で、紀香は視線を落とした。

「メジャーになったら黙認状態みたいだけど、それまでは恋人禁止。お仕事に集中しなさいって言われてるんだよね……」

「へえ〜、大変なんだな」

「青春を男ナシで送るのって、ちょっと、せつないよね。は〜あ、一度でいいから、デートとか、してみたかったな……って思って、さ……」

「してみたかったな、ってお前、デートもしたことなかったのか？」

紀香はぎろり、と大輔を睨《にら》む。

「そういうあんたは？」

「お、俺か……？　俺も……そういや、ないな」

「決まり」

紀香は急に立ち上がると、映画のチケットを差し出してきた。

「誰かを誘って、本契約の前にデートってものを体験したいって思ってさっき買ってきたんだけど……まあ、大輔が相手でもいいわ。私と映画、付き合ってよ」

「お、俺が……？　お前と、デート……？」

「そうよ、ちゃんとおしゃれして来てよね。デートなんだからね、で・え・と」

有無を言わさぬ迫力に、大輔は思わず身を正し、はい、と答えてしまっていた。

2

「ねえ～ン、ごめん、ごめんね、大輔ちゃん、ってばあ……」

猫撫で声でむつみが大輔の背中にしがみついてくる。

「もう、いいって……」

大輔はそう答えながらも、かなりがっくりしていた。

お気に入りのＴシャツが、むつみが間違えて真っ赤なフリースと一緒に洗ってしまったがために、ピンク色になってしまったのである。本当はスポーツブランドのロゴが左胸についているシンプルなホワイトＴシャツなのに、無惨にもいかがわしいまだらピンクになってしまった。

「お前……洗濯のやり方も、知らないのかよ……」

「あ～ん、しょうがないじゃない。だっていつも、お手伝いさんがしてくれてたんだもん」

母親の静枝がブティック経営に忙しいため、むつみの家は週に二三度、お手伝いさんが来て、食事や家事をしてくれているのだ。静枝さんもむつみに女のたしなみを教える時間など、なかったのだろう。おかげでむつみは料理も洗濯もまともにはできない。

「……今度のバイトのお給料が入ったら、弁償するよ……」

むつみは小さい声でつぶやいた。さすがに反省しているらしく、身を縮めている。

「ほんとだな」

大輔が確認すると、こくこくこく、とむつみは慌てて何度も頷き、

「ほら、ちゃんと誓約書も書くよぉ〜」

と、白い紙に署名なんかしている。

「まったく、お前ってやつは……」

ぶつぶつ言いながらも、大輔は内心、ほっとしていた。

先日、サラとデキてるデキてない、なんて話から大ゲンカになってしまい、それから気まずくて、ろくに口もきいていなかったのだ。むつみがポカをしたおかげで、自然な形で仲直りができて、かえってよかった……と大輔は考えてもいた。Tシャツは惜しかったが、同じ屋根の下にいるもの同士が仲が悪いのは、居心地が悪かったからだ。

「……どうだ？　バイトは」

「ん……結構、忙しい……。働くって、大変だね……」

むつみはソファに脚を投げ出して座ると、

「サラちゃんはもう一年近くバイト続けてるんでしょ。すごいよね。あのコ、私より一歳下なのに、料理も皿洗いも掃除も、なんでもすごく上手なの」

と、ため息をついた。

「じきにむつみも慣れるさ」

「みんなそう言ってくれるけど……ホントかなぁ……」

自信をなくしてしまっているらしく、むつみはあまり元気がない。疲労も溜まっているのだろう。

「まぁ、今度、家で何かメシ作る練習してみなよ。俺、食べてやるから」

「う……ん」

むつみは、もじもじとしている。

「ごめん……ね、大輔ちゃん。これじゃ私、ほんとに、足手まといみたい。ご飯作ったり、お洗濯したり、大輔ちゃんのお世話するつもり、だったんだけど……」

「別に俺のことは、いいよ。そんなことより、お前……どうするつもりなんだよ、静枝さんとのこと。いつまで家出してるつもりなんだ」

大輔が家のことを持ち出すと、むつみは顔を曇らせた。

「静枝ちゃんとは……全然、連絡してないの」

「ダメだよ、そんなんじゃ。もう三日になるのに」

「だけど……話すことなんて、ないもん」

むつみは拗《す》ねた口調になった。母親の再婚も、住み慣れた家を売ってしまうのも、まだ抵抗がある様子である。

「そうは言うけど、世界でたったひとりの身内なんだろ？　近いうちに、ちゃんと話し合ってみろよ」

「う……ん……」

むつみはなおも、両手の指をいじいじさせながら、

「私……ここが居心地いいから、もっといたいんだけど……料理も練習するから……」

と、訴えてくる。

「そんな風に逃げてちゃダメだぞ」

珍しくびしっと叱《しか》りつけてやったが、むつみはまだ、素直にうん、とは言わなかった。


明くる日も、ほんわかと暖かな光が部屋に差し込んでくるいいお天気だった。

大輔は光に誘われるかのように、ぼんやりと目を開けた。

（う～……、いい気持ちだ……）

朝のまばゆい太陽が、今日は、いつになく心地よく、大輔はうう、と伸びをした。

今朝も股間《こかん》が元気に勃起《ぼっき》している。健康である何よりの証拠だった。

サラはまだ来ていないようだったし、まだ階下に行ってないから、むつみが登校したかどうかもわからない。

いずれにせよ、大輔はこの部屋にひとりきりで、しばしの自由を味わっている。

自然と、手が股間に伸びてしまうのも、男として当然のことではあった。

「……んッ⁉」

本来ならぴょこりんと勃《た》っている肉茎に触れるはずなのだが、何やら、さらッとした柔らかいものが指に絡みついてくる。陰毛ってこんなにあったっけ……、と寝ぼけ眼《まなこ》で股間を眺めて、大輔は、

「う、うわッ！」

と跳ね起きた。

「ん……」

どういうわけなのか、サラが大輔のモノを口に含んでいたのだ。

道理で心地いい目覚めなわけで、思わず股間に手が伸びてしまったりもするわけである。

これは夢なんだろうか？と大輔は思わず疑ったが、ペニスを温かく包んでいる彼女の唇のぬめりは、あまりにもリアルな触感があり、どう考えてもファンタジーではない。大輔にとって、これは生涯初のフェラチオなのだ。天にも昇るような快感が襲ってきたが、必死に冷静に、肉の棒を彼女の口から引き抜いた。正直に言えばもう少し続けて欲しかったのだが、いったい何がどうなってこんなことになってしまっているのか聞かないうちは、流されるわけにはいかなかったのだ。

「どういうことだ、サラ」

肉棒から唇を離したサラは、いつもより少し真剣な眼差しを送ってくる。彼女のリップ

の端に、フェラチオの余韻で、少しだけ唾液《だえき》が光っていた。

「あの……ね、サラね、雑誌で読んだの」

サラは大輔から瞳をそらさずに、こう言ってきた。

「男の人って、おち○ち○を手でさするより、舐《な》めてもらったほうが、気持ちがいいって書いてあったの……」

「だ、だからって……」

大輔はため息をついた。

「お前、こんなこと、誰にでもしちゃ、ダメだぞ？　結構エッチなことなんだから、ほんとは恋人とか、そういう好きな人にだけしてあげなくちゃ……」

無知な余り、サラは兄と慕っている大輔にまで性的奉仕をしてしまっているのだろうと思った大輔は、従姉妹をいさめた。一昨日手でコスってもらっているのだから怒れる立場ではないのだが、今注意しておかないと、彼女は誰にでも淫《みだ》らなことをしてしまうような気がして心配だったのである。

だが、サラは、

「お兄ちゃんの、バカ……。サラが誰にでもこんなことするような女の子に、見える？」

と軽く睨みつけてくる。

「だ、だけど、いとこ同士で、こんな……」

「もぅ、ほんとに、お兄ちゃんって、バカ……」

再び小さな唇をぽっかりと開けると、ベッドサイドに座る大輔の膝《ひざ》の間にサラが入ってきて、肉の棒を奥まで含んでしまう。

「サラ……」

「ん……」

口の中いっぱいに勃起したモノをくわえながら、彼女は大輔を見上げてくる。顔には僅かに微笑みすら浮かべ、優しく優しく、唇を前後に振り始めた。

ちゅる、ちゅる、という甘酸っぱい音と共に、ペニスがシゴかれていく。サラはぎこちないなりに懸命に、奥へ、奥へ、と唇を進ませている。ペニス全体が濡《ぬ》れ、その上をまた新たな唾液が塗られていった。

「サラ……ッ」

制服姿の従姉妹が無邪気な顔でフェラチオしている光景は、見ているだけで発射欲を催してしまうほどに淫らさを伴っている。大輔の胸の鼓動はどんどん速くなっていった。

「ん……、んん……ッ！」

大輔の太腿《ふともも》に両手を置きながら、サラは、肉の棒をしゃぶり続けている。彼女に触れたくてたまらなくなり、そっと手を伸ばし、大輔は彼女の頭に触れた。そして、ゆっくりと、その手を首筋へ、そして肩へ、と下げていく。鎖骨のすぐ下から始まる可愛らしい膨らみをベストの上から探ると、そこは興奮しているのか、それともまだ発展途上なのか、少し固くなっており、指の中でぷるぷるとゼリーのように震えた。

「あむぅ……ッ」

乳房を大輔に揉《も》まれながら、ちろちろと舌を動かし、サラは裏スジを舐めてくる。こんなテクニックも雑誌に書いてあったのだろうか、と気が遠くなりそうな快感に巻き込まれながら、大輔は唸《うな》った。可愛い舌が、縦に、横に、動いていく。時折、黄色いリボンで束ねたポニーテールがさらさらと陰毛や腹部に当たってくる。くすぐったいような心地良さに身を委ねているうちに、アッという間に、射精直前にまで追い込まれていってしまった。

「サラ、出ちゃうよ……」

大輔はそう呟《つぶや》き、彼女の顔をどかそうとした。

だが、サラは首を横に振り、両手でペニスを握ると、尿道口あたりをちろちろと舐めてくる。

「そこにいたら……ダメだ……」

ジンジン痺《しび》れるような欲情に堪えきれず、大輔はそこまで言ったところで、白濁液を放出してしまった。

「あ……ッ！」

サラの口だけでは納まりきれず、鼻に、頬に、おでこに、そして前髪に、精が飛び散っていく。

「ごめん……ッ！」

慌ててティッシュを差し出すと、サラは、

「いいの……。だってお兄ちゃんのだもん……」

そう呟いた後で、

「洗面所、借りるねッ！」

と言い残し、ぱたぱたと階段を降りていった。

射精の余韻にしばらく浸っていたかったのだが、大輔の頭は（歯ブラシ、ちゃんと隠したっけな）（むつみのブラシとか、洗面所にないだろうな？）などという心配がすぐ浮かんできてしまっていた。

3

今日は、珍しくトラブルのない一日だった。むつみとのケンカもなく、彼女が家事を失敗したりもしなかった。こんな日は、彼女が居候してから、初めてである。

だからなのか、今日の大輔は、非常にツいていた。

優菜先輩と廊下ですれ違ったし、その際の立ち話で彼女が猫が好きだってことがわかっ

たから、すかさず、

「じゃ、今度、家の小雪を見てやってくださいよ」

と声をかけると、彼女はこっくり、と頷いてくれたのだ。先日のキス以上の発展があるかもしれない……と思うと、大輔の心は躍った。

紀香との映画の約束も来週の土曜日に迫ってきている。教室で、紀香がそっと「来週だからね」と声をかけてきた。「お、おう……、そういえばそうだったな」なんて返事をしたが、実のところ、大輔も楽しみにはしていた。いつも乱暴者の紀香だが、ふたりきりで出かけるとなると、やはりデートだ。映画が終わったらどこに行こうか……などと、授業中も楽しく頭を巡らせてしまっていた。

ただひとつ、今日の大事件は、サラが朝、フェラチオをしてきたことだったが、彼女自身はそんなことをしたことなどもうすっかり忘れたかのように、けろッ、としている。学校ですれ違った時も、いつもと変わらぬ態度で、

「お兄ちゃ〜ん、今日のお弁当、美味しかったぁ？」

と、尋ねてくる。その時、隣に清がいて、肘《ひじ》を小突かれてしまい、大輔は全身が熱くなった。親友の清が思い焦がれているサラに、さっきしゃぶってもらった、なんて、絶対に知られてはならないからだ。以前から場を設けろ、とせっつかれていたこともあり、いい機会かもしれない、と大輔は、

「明日、一緒にメシを食おうよ」

と、サラを誘った。彼女は顔を輝かせ、

「うんッ！　サラ、屋上がいいな！」

と話に乗ってきたところを、

「こいつもさ、いつもサラの弁当見てて、美味そう美味そうって言ってるんだよ。明日は彼の分も作ってきてくれないか」

と頼んでみると、案外あっさり、サラは引き受けてもくれた。これで清への義理も果たしたし、今日はなんだかんだいいながら、すべてがうまく運んでいたのだ。

しかし、そう簡単に一日を終えさせてくれるほど、人生は、甘くはなかった。

深夜、まどろみかけた部屋のドアを、誰かがカタリ、と開けたのである。

「!?」

驚いて跳ね起きると、廊下の照明を背後に浴びた人影が浮かび上がっている。むつみのシルエットだ。

「なんだ、どうしたんだ、こんな夜中に……？」

「……」

彼女からの返事は、ない。黙ってベッドに歩み寄ると、パジャマ姿の彼女は布団の中にするり、と潜り込んできた。

そして、大輔の胸の中に顔を埋めてくる。

「お、おい……ッ！」

今朝のサラのこともあり、むつみのこの行動も性的なものなんだろうか、と大輔は驚きつつ、ベッドサイドランプを点け、彼女の顔を覗き込んでみた。

「……くす……ン」

むつみの両頬には、涙の筋がついており、瞳は闇の中でもきらきらと光っている。

「……泣いてたのか？」

小さく頷いて、むつみはしゃくりあげた。

「静枝ちゃんに電話したら、ケンカ、しちゃって……。それで、もうお前なんかうちの子じゃない、ひとりで生きていきなさいッ、て言われちゃった……」

「そりゃ……静枝さんも大人げないなあ……」

大輔は苦笑した。むつみの母親の静枝は、常々「娘とは友達親子でいたい」とは言っていたが、そんなムキになって怒ることもあるまい、という気がする。

「私が……悪いの、だって、静枝ちゃんの彼のこと、一生認めないなんて言っちゃったから……」

むつみはそれでも、かなり心細そうだった。家出とバイトで、張りつめていた毎日の緊張が緩んだらしく、後から後から涙が出てきてしまっている。

「どうしよ……大輔ちゃん、私、ひとりぼっち、だよぉ……」

肩を震わせて、むつみが泣いている。

「大丈夫、だって。きっと仲直り、できるって」

慰めながら、大輔は彼女をそっと抱きしめ、背中を撫でてやった。

「なんか……怖いの。ひとりって、怖い……」

むつみもしゃくりあげながら、大輔の背中にしがみついてきた。

「ね……、今日、一緒に……寝てくれる……？」

「ここでか？　狭いぞ？」

大輔のベッドはシングルサイズである。むつみは頷き、

「くっつけば、ほら、二人眠れるよ……」

と寄り添ってきた。そして、安心したように目を閉じる。

大輔の方は、眠るどころではなかった。女の子に抱きつかれながら平気で熟睡できる童貞男など、いるわけがない。胸はドキドキ、目はチカチカ、そしてペニスもムクムクとしてきている。

一気に彼女のピンクのチェックのパジャマを脱がし、ハダカにして、いきり勃ったモノをぶち込んでやりたかったが、そんなこと、できるわけもなく、大輔は、冗談半分本気半分で、彼女の横腹をつつん、とつつくのが精一杯だった。

「やッ、く、くすぐったーッ！」

むつみは笑顔になり、すぐさまお返しだといって、大輔の腋《わき》の下をくすぐってくる。

それから、狭いベッドの上で、二人で笑いながら、お互いを攻撃しあった。互角かと思えた一瞬、窓の外で自転車の急ブレーキの音がし、むつみが大輔に背を向けた。

今だ、とばかり、彼女の腰に抱きつき、両方の脇腹をくすぐるつもり……が、腰にしてはむにゅり、というひどく柔らかな肉感が伝わってくる。

「……！」

むつみは身体を固くして、黙っている。

「むつみ……」

本当ならごめん、と言って、すぐに手を離さなくてはいけないのだが、余りの感触の良さに、大輔は、そのまま、もみもみ、と彼女の乳房をまさぐり始めた。

「だ……いすけ、ちゃん……ッ！」

むつみは俯き、大輔にされるがままになっている。触ってみてわかったのだが、彼女はノーブラらしく、パジャマの布地の向こうは、ただただ、ふわふわとした乳房があるだけだった。ブラジャーの窮屈さから解放されたバストは自由に形をあちらこちらに変え、大輔の手のひらを刺激してくる。

大輔は、たまらず、パジャマの裾《すそ》をまくりあげ、白い丘を剥《む》き出しにした。

「……あ……ッ！」

闇の中で、純白の肌が輝いている。むつみは緊張で固くなってはいるが、抵抗する素振りは、ない。

大輔は思いきって乳房を後ろから直に、掴《つか》んだ。

「あぁン、だ、大輔ちゃん……ッ！」

揉み始めてすぐ、むつみがせつない息づかいになった。パジャマの上から触っていた時よりも、乳房は火照り、柔らかさを増している。

「むつみのおっぱい……気持ちいいよ……」

そう囁《ささや》いてやると、むつみは、

「あ……あン……わ、私も気持ち……イイ……ッ！」

と答えて、どこか不安げに、大輔の顔を見た。

「なんだか、大輔ちゃん……、慣れてるみたい。こういうこと……」

おそらく、サラとの仲を疑っているのだろう。

「……バカ」

大輔はコツ、とむつみの頭をこづいた。

「あ……ゴメン……。プライバシーに突っ込まない、ッて、約束してたのに……ね」

「もう、そんなこと、いいよ」

下から上にすくいあげるように乳房を動かしながら、

「俺だって……女の子のおっぱいを直接触るのなんて、これが初めてだよ」

「えッ……それじゃ、大輔ちゃんって……。童貞……？」

「悪いかよ」

むつみはううん、と答え、

「あのね……私も……経験、ないの」

と、打ち明けてきた。そして、少しだけ微笑みを作り、

「大輔ちゃんになら、いいよ……」

と囁いてきたのだ。

「そんなこと、軽々しく言うなよ」

そう答えながらも、大輔の肉茎は激しく怒張し始めていた。いいよ、と言ってくれている女性が目の前にいるのだから、ありがたくいただきたい気持ちが充満しているのだ。だから、返事をする代わりに、力を込めて、ぐにゅぐにゅと乳房を揉みいじる。そして、パジャマのボタンを外し、彼女の上半身を露わにしてやった。

「あッ、あァん、あッあ……」

むつみは本気で感じているらしく、うっすらと背中に汗が滲《にじ》んできてもいる。つるつるとしていて丸っこい彼女の裸体を抱きしめながら、大輔の手は下腹部へと伸びていった。

そしてパジャマのズボンの中に手を差し入れ、パンティーの上から、そうッ、と女芯部をさすってみる。

「や……ん……」

そこがじゅん、と湿っているのが布越しにもわかった。彼女の興奮がはっきり伝わってきたので、大輔も煽《あお》られ、盛んに何度もこすってやる。

「あ……あ……あぁぁ……ッ！」

むずむず、とむつみはお尻を浮かしたり、腰をくねらせたりしはじめている。快感でじっとしていられなくなったぷっくりしたヒップを掴まえ、大輔はパジャマのズボンもパンティーも、一気に脱がしてしまった。

「や……ン、大輔ちゃ……ん」

つるん、とナマのヒップが飛び出してくる。乳房に比べると、少しだけ体温が低く、大輔が手で触れると、びくん、と跳ねた。

「は……、恥ずかしいよ……」

するすると足首からパンティーが抜け落ち、一糸まとわぬ姿にされたむつみが呟いた。

「俺だって……恥ずかしいよ」

自分も全裸になると、大輔はむつみの上に重なった。

「ああ……ッ、大輔ちゃん、あったかい……」

「むつみだって……」

しばらく二人で抱き合い、お互いの肌の感触を楽しむかのようにこすりあわせ合った。固くなっているペニスが、ごりごり、と彼女の下腹部や太腿に当たる。恥ずかしそうにそのすりつけを受け止めているむつみが愛しくて、大輔は、彼女の膝をそっと、持ち上げ、

「見せて……」

と、ヴァギナを覗き込んだ。ベッドサイドランプを、恥ずかしい部分に当ててみると、秘花が闇にぼんやりと浮かび上がってきた。

「はぁあ……ッ、だ、ダメ、ダメぇ……ッ！」

膝を閉ざそうとする彼女を押さえつけ、大輔は目を凝らして、蜜唇《みっしん》を観察した。

花びらは、微《かす》かに口を開き、中心からラブジュースをとろり、とこぼしている。襞は重なりあっていて、まだまだ咲きかけという印象だ。周囲を柔らかい陰毛が囲っている。こんな生々しくぬめっているものを、むつみが隠し持っていたことが、大輔には新鮮だった。

本当にペニスが入るんだろうか、と心配になってしまうほどに、秘壺は想像以上に小さかった。だが、入るところまで入れてみよう、と決意すると、大輔はまずは指を差し込んでみる。

「んッ……ッ！」

すでに入り口が濡れていたので、中もそうだろうと思っていたのだが、やはり、指の根

元まではめり込んでいかない。第二関節当たりで、ぴん、と張った何かに阻まれている。

膝に力が入ってしまっているむつみにキスをしたり、乳房を揉んだりして、少しずつリラックスさせているうちに、やっとのことで指がずっぽりと姿を隠した。

「ほら、指、入っちゃったよ……」

「あッ、やんンッ！」

ゆっくりと出し入れをしてやると、むつみはそれだけでかなり気分的に高まってきているらしかった。腰をぷるぷると震わせながら、瞳を閉じている。ひどく感じているということは、つんと勃って、身を引き締めている乳首を見れば明らかだった。

大輔が指をもう一本潜り込ませてみると、多少きつくはあったが、なんとか、受け入れてくれている。二本の指で、入れたり出したりしていると、むつみの蜜唇は、どんどん濡れ、くちゅくちゅ、と音まで立てるようになっていた。ヴァージンの固い筋肉が少しずつほぐれ、指に襞がまとわりついてくるようにもなってきた。それと同時に、むつみの表情にも変化が現れている。

「ああ……あ、ああ……、や、やだ、私……私……ッ！」

自分の秘襞が味わっている未知の官能に、どう反応していいのかわからず、身体をわななかせながら、はぁはぁ、と喘《あえ》いでいる。

「あぁ……ん、大輔ちゃん」

大輔は指を引き抜き、ねっとりと淫液《いんえき》が塗りたくられているそれを、むつみの顔の前に差し出した。

「ほら、こんなに濡れてたぞ」

「いや……ッ、み、見せないで……」

むつみの息は、さらに荒くなった。

大輔が腰を彼女に近づけよう、と前進すると、

「大輔ちゃ……ん、それ……ッ」

悲鳴に近い声が、あがる。

怯《おび》えた顔で、むつみが指さしているのは、ビンビンにそり返っている肉の棒だった。

ヴァージンの彼女は、勃起状態のペニスを見たのも、初めてだったのだろう。

「ねえ……それを……入れるの？」

「そうだよ」

大輔は挨拶《あいさつ》代わりに、ぴょこん、と亀頭を動かしてみせたが、可愛い、などと反応する余裕は、むつみにはないようで、ただただ目を丸くして股間に視線を注いでいる。

「……ほら」

彼女の手を取って、男根を握らせてやると、

「かた……い」

とますます目を見張っている。すっかり怖じ気づいたらしく、大輔がのしかかっていくと、顔をひきつらせながら、

「お願い……、痛くしないで」

なんて、可愛いことを言ってくる。

大輔は頷きながら、潤っている部分を探り当て、そこに尖端を差し込んだ。

「くう……ッ！」

指よりはずっと太い肉塊を受け入れるため、むつみの襞が伸びて必死に道を開いていくのが、大輔にもわかった。

「くうぅ……ッ！」

まだ収縮しなれていない蜜襞の痛みに、彼女は顔を顰《ひそ》め、眉《まゆ》を寄せて耐えている。

「入ってるんだよ、あんな太いのが……むつみのおま○こに……」

「あぁん、だ、大輔ちゃんッ！」

むつみは両脚と両手を大輔に絡ませてきた。

それと同時に、ペニスは行き止まりに当たる。無理に進もうとすると、むつみが、

「痛い……痛い……」

と呻《うめ》き声をあげた。

「痛いか……、どうする？」

ひどくつらそうなむつみを気づかって声をかけたら、むつみは気丈にも笑みを浮かべ、

「いいの……大輔ちゃんに、破ってほしいの」

と、呟いた。

それならいっそ、苦しみを一気に終わらせてやろう、と、大輔は腰をぐりぐり、と深くめり込ませていった。び、び、び、と襞に破瓜《はか》の衝撃が走る。

「あう、あ、あぅうッ！」

むつみの両手と両脚に力が入り、きゅうきゅうと大輔を締めてくる。

「入った、入ったよ」

そう伝えると、むつみはそれでもきゅっと閉じた瞳を開けようとはせず、

「あああ……ッ」

と、喘いでいる。

初めて知った女性の蜜芯は、ひどく温かで優しく、心地いい場所だった。天国にでもいるかのようなふわふわした絨毯《じゅうたん》があるかと思えば、こりこりとスジを刺激してくる部分もあり、何もかもがペニスを気持ちよくさせるためにしつらえてあるようなところであった。

「気持ちいいよ……」

大輔はゆっくりと、腰を動かし始めた。

彼女の痛みを取るためにも、ピストンをしたほうがいい、という気がしたからだ。

「ちょ……ッ、痛……ッ、い、痛……ッ！」

勘は当たり、最初は少し抜き差ししただけでひどく痛がったむつみも、襞が摩擦になれてくると、だんだんと甘い吐息を漏らすようにもなってきていた。

「あぁ……ン、大輔ちゃん、変な気持ちになってきちゃった……ッ」

ヒップを震わせ、乳房を震わせ、むつみがせつない声をあげる。

大輔自身も、セックスがこんなにイイものだったとは……、と正直言って、驚いていた。他の女性を知らないから、ただ単にむつみの女体と相性がいいだけ、なのかもしれない。だが、それにしても、手でコスられるより、舌で舐められるより、断然、ヴァギナのほうが快感である。

止めようと思っても、一日動き始めた腰は、ブレーキをかけることなど、できそうになかった。だからひたすら、奥へ、奥へ、速く、速く、より強く、突いていく。

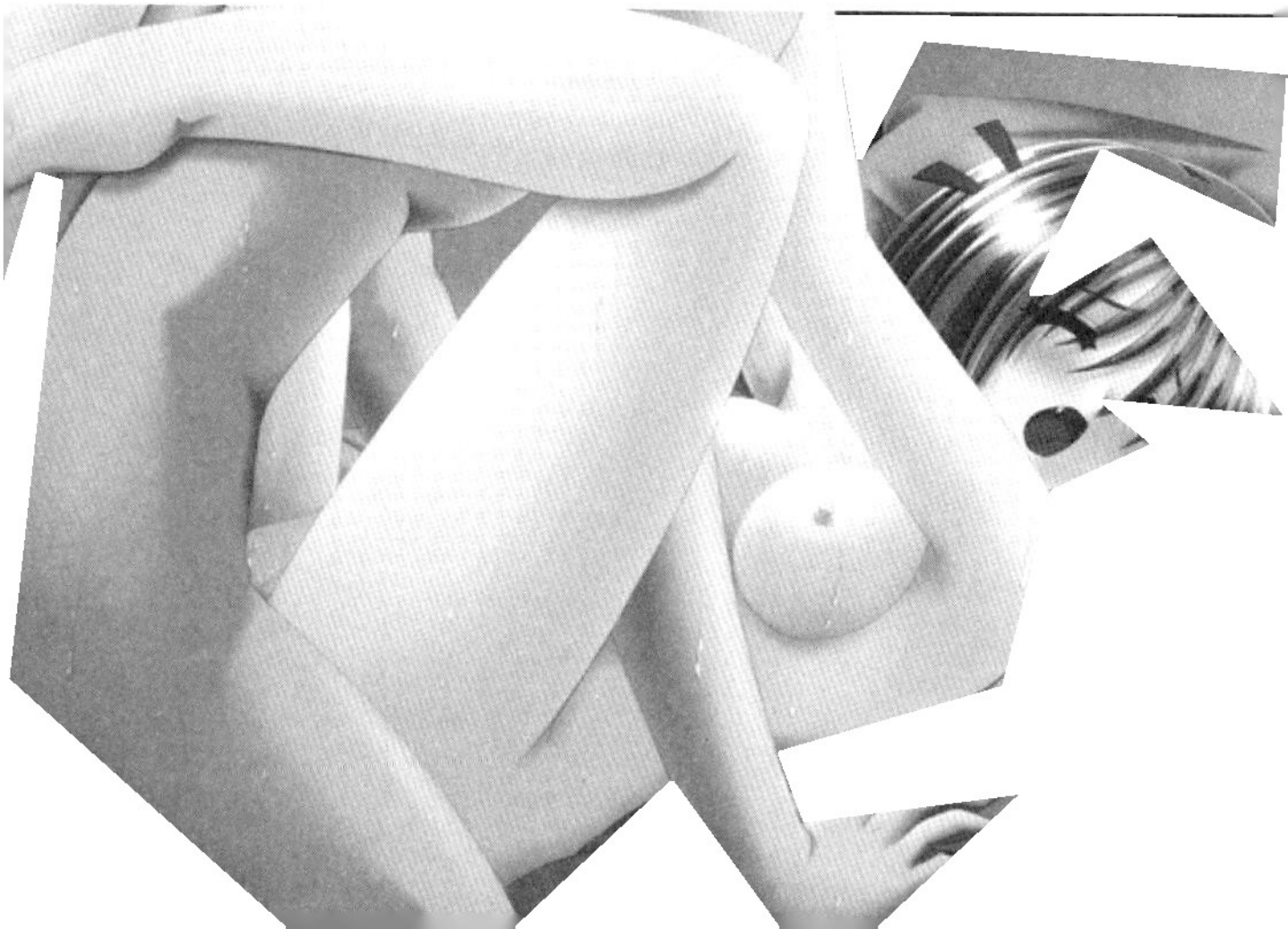

「あッ、あんン、あ、あ、あ、大輔ちゃんッ、大輔ちゃんッ！」

必死にしがみついてくるむつみの腰を支えると、ずぅん、ずん、ずん、と突いてやると、

「はぁあ、どうしよう、すごい、すごいのッ！」

と、髪を乱しながら、叫んでいる。先程のとは違う泣き声があがり、啜《すす》り泣くような声で、むつみは喘いでいる。

「むつみ……俺……ッ！」

ひくひく、と花びらが震えた瞬間、大輔のペニスにも痙攣《けいれん》が走り、だく、だく、と大量のザーメンが、彼女の中へと注ぎ込まれていった。

「大輔ちゃんッ、大輔ちゃぁんッ！」

むつみは何度も名前を呼びながら、きつく、きつく、大輔の身体にしがみつき、精を搾り取るかのように、何度も襞を余韻でひくつかせていた。

第三章　オトナになりたくて

1

ひょっとすると今って、人生で一番楽しい時、っていうんじゃないだろうか、と大輔は最近考えていた。

優菜や紀香やサラに気にかけてもらっているのも、すごく、有り難いし、嬉しい。

だが、今、大輔の頭を占めていることは、むつみとのセックスだった。脳味噌《のうみそ》の七割くらい、そのことを考えていると言っても、いい。

ファーストセックスを体験して以来、大輔とむつみは、毎晩愛し合っていた。性に目覚めた、と言ってもいい程である。お互いに初めて知った悦《よろこ》びだったので、夢中になってしまったのだ。

就寝前はもちろんのこと、食事の前や入浴時など、時間さえあれば、むつみを抱きしめ、大輔は繋《つな》がっていた。野性の動物のように、ヤりたい、という本能丸出しで挑んでいく大輔のことを、彼女は黙って受け入れてくれていた。

むつみ自身も、もっと性感を知りたかったのかもしれなかった。フェラチオやぱいずりなど、新しいことを覚えては、少しずつ大輔と試していくのを楽しんでいたし、何より、どんどん性感が開発されていく女体の情欲に引きずられてもいたのだろう。

サラが朝、大輔を起こしにくるからこそ、二人は寝るときだけは離ればなれだったが、それがなければ、夜にもう一回、そして朝起きたてにもう一回、と、ずっと交わりっぱなしだったかもしれなかった。

毎日エッチができる、という現状に大輔は満ち足りた気分でいた。今まで女、女、と飢えた気持ちでいたのにそれもなくなり、女性と接する時に余裕を持った応対ができるようにもなっている。そんな大輔の微妙な変化を次第に周囲の人々も気づき始めたが、それが童貞喪失によるものだ、とはわからないらしく「ひとり暮らしをしたからか、なんか大人っぽくなったよね」とか「最近、落ち着いてきたね」などと言われている。

大輔としては現状にかなり満足をしていたのだが、ただひとつ頭の痛い問題としては、むつみの態度に変化が現れてきた、ということだった。

なんだか、女房気取り、なのである。

ハダカにエプロンをしてキッチンに向かい「新婚さんみた〜い☆」とはしゃぐのは、まだ、いい。ついつい大輔も欲情させられて、後ろからずこずこ、と挿れてしまったし、可愛げがあった。だが、食事をするときに「はい、あ〜ん☆」とするのは、勘弁してほしかった。

正直なところ、大輔は〝なりゆき〟で彼女と身体の関係になってしまったわけだし、いくら同棲しているからと言っても、むつみのことを恋人だとか、将来結婚したい、とかまでは、考えてはいなかった。第一、むつみのことを好きか、と尋ねられたら、うん、などと、即答はできない。できれば他の女の子ともヤッてみたい、というのが、男としての本音である。

だが、むつみの方は、そう割り切ってはいないようで、最近では、学校でも平気でいちゃついてきて、大輔を困らせていた。廊下を歩いている時、手をつないだり、腕を絡めようとしてきて、慌てて振り払ったことも何度もあるし、今日なんて、優菜が前から歩いてきたというのに、大輔の背中にぴとっと貼りついて「ねーねー」などと、甘えてきていたのだ。

「やッ、やめろぉッ!」

真っ赤になって彼女を引《ひ》き剥《は》がして追い払ったが、優菜にばっちりと目撃された後であった。彼女はにっこり、と微笑《ほほえ》み、

「……仲がいいのね」

とぽつん、と呟《つぶや》いた。少し淋《さび》しげなその顔を見て、大輔は、

「お、俺は、優菜先輩とも仲良くなりたいですよッ!」

と、調子のいいことを言い、そのノリでヤケクソになって「いつ家の猫、見に来てくれるんですか」と押しまくってみたところ、彼女はくすくす笑いながら、

「……私は別に、今日でもいいけど」

と答えた。

「そ、それじゃ、今日ッ！　放課後、教室にお迎えに行きますよ」

内心しめた、と大輔は思っていた。今日は、むつみが友達とライブに行くので、帰りが夜十時を過ぎるのである。

だからこそ安心して、大手を振って優菜を家に案内した。

彼女は今日、私服で登校していた。クリーニング屋に受け取りに行きそびれたのだという。荒巻学園は私服通学もＯＫだったので、クラスの半分ほどしか制服を着ていない。

グリーンのロングフレアスカートに、グレーの薄手のセーター、それにグレーのストッキング姿の彼女と並んで歩くと、大人のお姉さんとデートしているという感じで、大輔はひどくドキドキしてきていた。

愛猫の小雪も早速玄関にお出迎えし、優菜は、

「かわいい、かわいい……真っ白ね……」

と嬉しそうに抱っこしている。

「あ、お茶でも出しますから、こちらへどうぞ。っていっても冷たいウーロンくらいしか、ないんですけど」

幸先のいい出だしに胸を躍らせながら、大輔はリビングのソファに彼女を案内した。

そして、二人して小雪を可愛がる、という名目で、彼女の隣にぴっとりとくっついて腰を下ろす。メスのくせに女の子が大好きな小雪は、大はしゃぎで大輔と優菜の膝《ひざ》の上で飛

んだり跳ねたりじゃれついたりしている。

やがて、優菜のロングヘアで遊び始めた小雪は、艶《つや》やかな黒髪に絡まってしまい、にゃあッ、と叫んだ。

「あ……」

「こら、小雪、ダメじゃないか」

あやまりながら小雪を解放し、ほつれた髪の毛を大輔は懸命に直した。自然と態勢が彼女に覆い被さるような形になってきたので、唇と唇がひどく近くなっている。

「い、いい……自分でできるから……」

恥ずかしそうに開いた優菜の唇に、大輔はキスをした。

先日のキスは、優菜からだったから、今度は自分がしても、差し支えないだろう、と踏んだのだ。

「……」

そっと唇を離すと、優菜は、また、遠い目をしている。その目は、大輔を見ているようでいて、大輔自身を見てはいない。

死んだ恋人のことでも想っているんだろうか、と少し嫉妬《しっと》しながら、大輔は再び唇を押しつけた。そして、今度は舌をれろッ、と差し入れてもみる。

「んく……ッ！」

優菜は瞳を閉じ、それでも舌を優しく絡めてきた。お互いの唾液《だえき》を吸い合い、歯を舐《な》め合っていくうちに、大輔はたまらなくなってしまい、彼女の上に座り、くいくい、と腹部に勃起《ぼっき》した固いモノをすりつけてしまっていた。

「……」

優菜は何も言わず、優しく、制服のズボンの上からペニスをさすってくる。愛おしそうな、懐かしそうな顔をしながら、

「……似てる……」

と、大輔に向かって呟いた。

「似てる……ッて、まさか……」

優菜は頷《うなず》き、

「死んじゃったあの人に……あなた、似ているの……顔も、声も、性格も……」

と、打ち明けてきた。

「そう……だったんですか……」

大輔は一瞬、言葉を失った。

男性恐怖症の彼女が、どうして大輔にだけは親しく話ができたのか、どうして時折遠い目をして大輔を見つめてきたのか、これで納得できてしまったからである。てっきり好かれているんだ、と自惚《うぬぼ》れてしまっていたのだが、彼女はただ単に昔の恋人の姿を大輔に見

ていただけだったのかと思うと、このまま押し倒してしまっていいのかどうか、迷ってもしまう。

だが、優菜は自ら大輔のズボンのジッパーを下げ、肉の棒をずるん、と取り出してきた。

「私に……舐めさせてくれる……？」

遠慮がちに大輔を見つめながら、

「私、昔、舐めるのがイヤで、彼にいくら頼まれても、全然してあげなかったの……。死んじゃった後で、もっと、いっぱいしてあげればよかった、って、思って……」

自分のためではなく、前の彼のためにしゃぶりたい、というのがシャクではあったが、嬉しいことには変わりはない。それに、やり残した悔いを晴らしておくことで、彼女も少しは神経が休まるのではないか、と思ったのだ。大輔はリビングに横になると、

「僕だけしてもらうんじゃ悪いから、優菜先輩のアソコも……舐めさせてくださいよ」

と提案してみた。

「え……でも……ぉ」

「恥ずかしいんなら、パンティーの上から触るだけでも、いいですから」

半ば押し切る形で、大輔は自分の顔の上に、彼女を座らせた。

「は……ッ、恥ずかし……い」

優菜はそう呟きながらも、顔を前に倒し、あむ、と露出したペニスを含んだ。

だが、遠慮がちに尖端だけをしゃぶっているだけで、なかなかずっぽりと呑《の》み込んではくれない。

「優菜先輩……もっと……深く……」

待ちわびた大輔が、下からずぅん、と突き上げると、

「あぐぅッ！」

苦しそうな声を上げながら、それでも優菜はなんとか咥内に男根を収めた。

グリーンのフレアスカートをめくりあげ、白いハイレグパンティーを覗《のぞ》き込んでみると、中心の部分がすでにじっとりと濡《ぬ》れている。つるつるしたナイロンストッキングもろとも一気にずり下げ、秘花を丸出しにしてやると、優菜は口いっぱいに肉茎を含んだまま、

「うう……ッ！」

と、羞《は》じらっている。

「優菜先輩のアソコ……すごく綺麗ですよ」

可憐な花が咲いているかのようなサーモンピンクの輝きに、大輔は吸い寄せられた。何層にも重なる花びらは、

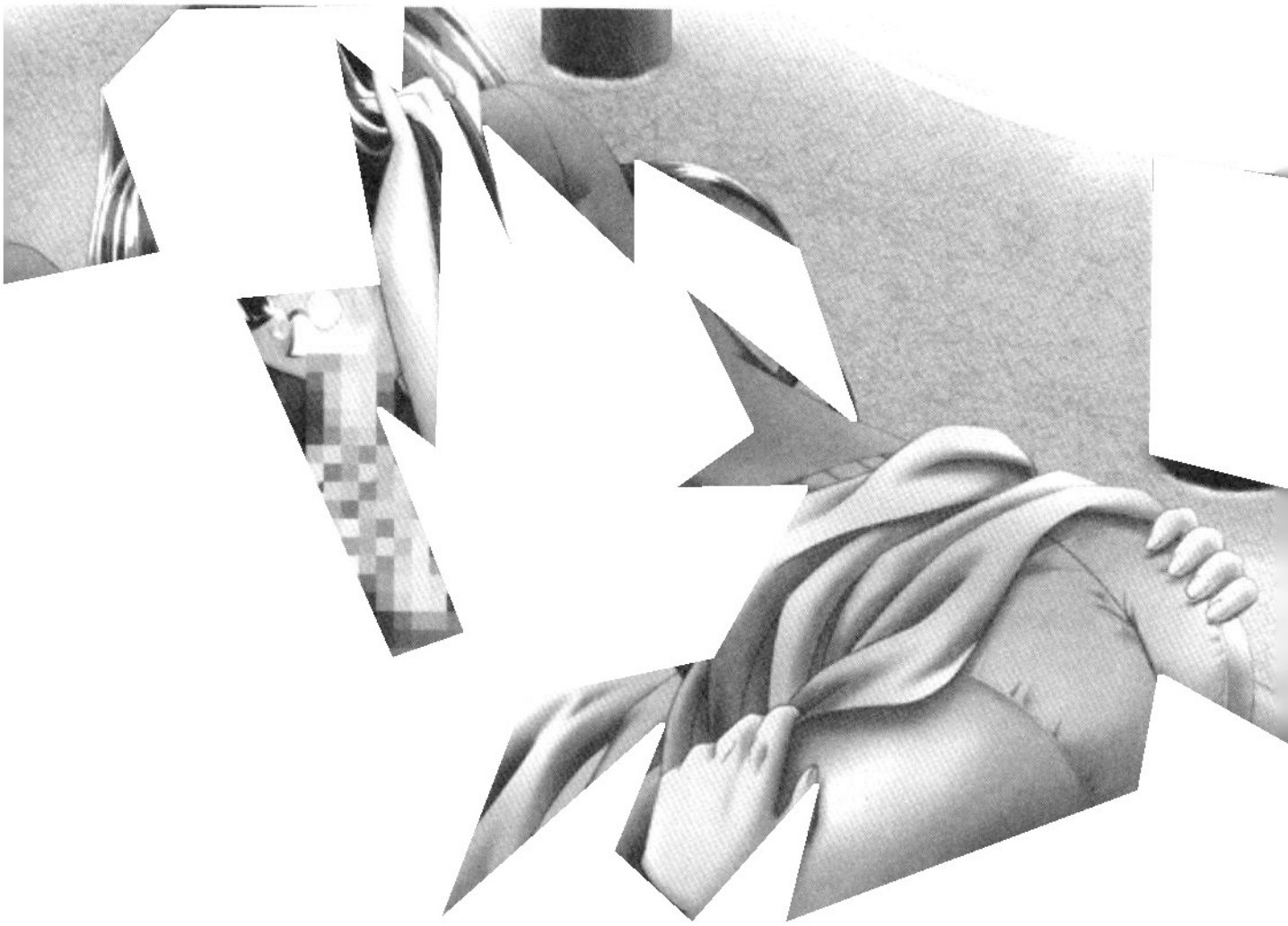

一枚一枚が少しずつ襞がはみ出させていて、むつみのものと比べると、かなりいやらしい感じがしている。前の彼のモノを受け入れたことがある秘芯は、すでにその悦びを知っているからなのか、期待でひくひく、と花唇を震わせている。

大輔は彼女のヒップを掴《つか》み、ぐい、と自分の顔の方に近づけると、蜜《みつ》に口を付け、強く吸った。

「あぁう……ッ！」

舌を動かすたび、優菜は高い声で喘《あえ》ぐ。彼女のとろとろした愛液は無味無臭だったが、ひどく味わい深い温かさがあって、大輔は音を立てて、何度も吸い出した。

「はぁあ、あ、あ……ッ！」

優菜は何度もヒップを浮かしかけたが、大輔はしっかと白い女尻を掴んだまま、舌を小刻みに揺らしていく。

「はぁ、あ、あ、あ……」

ぽろり、とペニスを唇からこぼしかけた優菜を、大輔は戒めた。

「僕のも、ちゃんとしゃぶってくださいよ」

「あッ……、ご、ごめんなさ……い」

素直にあやまると、優菜は長い髪をすッ、と掻《か》き上げ、大輔自身をずっぷりと含んでいく。先程奥までくわえこんだせいか、今度はスムーズに首を縦に振り始めてもいる。

じゅっぷ、じゅっぷ、という淫靡《いんび》な音が室内に響いている。大輔のペニスをしゃぶる音と、優菜のヴァギナがねぶられている音だ。

「あうぅ、あ、あ、あ……ッ！」

クンニリングスが相当に気持ちがいいのか、普段静かな優菜が、甘い甘い声でヨガっている。

「おいしいですよ……すごく……」

蜜は後から後から溢れてきて、途絶えることはなく、大輔の唇を湿らせていく。

「んんん……んんぐ……ッ！」

優菜は初めてのフェラチオだ、と言っていたが、そのわりにはかなり大胆だった。

じゅっぽじゅっぽと激しい音を立てながら、ペニスを吸ったり、裏スジを舌で辿ったりしている。長い髪がさらさらと肉茎を撫《な》でたり、彼女がたびたび髪を掻き上げるさまもエロティックで、舐められ慣れていない淫棒は、すぐに発射直前に高められてしまった。

「優菜先輩……ッ」

尿道口の上に輝いていたピンク色の小さな水晶のような粒を、大輔は含んでみた。これがクリトリスなのだろう、途端に舌の上できゅきゅうッ、とその身を縮め、ひくつき始めている。

「あうぅ、あ、あ、あ……ッ！」

優菜の唇から漏れる温かい息が、肉茎にもかかる。

「んぐう、ん、んんん……ッ！」

大輔の舌に負けじとばかり、優菜の首が前後に揺れ、精を吸い出しにかかっている。

激しく何度もこすられ、大輔は、

「出る……ッ！」

と、叫んでしまっていた。

「くうぅ、は、はう……ッ！」

同時に優菜のヴァギナも襞という襞に痙攣《けいれん》が起き、女核は固く固く身が締まっていく。

天にも昇るような心地良さの中で、大輔は優菜の白い肉尻を何度も何度も撫でてやっていた。

2

翌日の朝、サラが部屋に入ってくるなり、

「……なんか、いい匂《にお》いがする。女の人みたいな、匂い……」

と鼻をひくつかせた。

「そ、そうか？　なんだろう？」

とぼけて一緒になって大輔も部屋の空気を嗅いでみる。優菜がつけていたフローラルのコロンの香りが、微《かす》かに残っているような気も、しないではない。

「どこか隣のお家のお庭で、お花が咲いた香りなのかなあ……？」

サラは小首を傾《かし》げていたが、大輔が起きあがったのを確認すると、

「お兄ちゃん、今日のお弁当はね、結構腕によりをかけて食べたんだよ。お友達も喜んでくれるといいんだけど……」

と、にっこり笑った。

「悪いな、作らせちゃって……。お礼に今度メシ、おごるよ」

「ほんと？」

サラはぱっ、と目を輝かせた。こういう無邪気なところを見ると、年下の女の子っていいな、と大輔は思ってしまう。

「それじゃ、サラ、今日はクラス朝礼があるから先に行くね、昼休み、屋上でネ！」

大輔はサラに手を振ると、ぼんやりした頭で支度を済ませ、キッチンでパンにバターを塗っていると、むつみが難しい顔をして近づいてきた。

「あのさあ……結構、大輔ちゃんって、ユージューだよね」

「ユージュー？」

「優柔不断、ってこと。誰にでもいい顔してるって感じ」

むつみの頬《ほお》は、思いっきり膨れている。自分というエッチもする存在があるというのに、サラに相変わらず毎朝起こされている大輔が気に食わない、と思いきり顔に書いてある。

「サラちゃんは純情なんだから、あんまり思わせぶりなことさせちゃ可哀想だよ。お弁当作らせたり、尽くさせるだけ尽くさせて、乙女心を踏みにじってると、後が怖いよ」

脅し文句を投げつけ、むつみはさっさと家を出ていってしまった。

(思わせぶりにしてるわけじゃないんだけどな……)

サラの気持ちを利用しようなどと思っているわけでも、ない。従姉妹なのだし幸せになってほしいから、今日は親友の清とそれとなく引き合わせようともしているのだ。

だが、そんな言い訳をさせる時間も、むつみには与えてもらえなかった……。

(……ま、あいつにいちいち説明する必要も、ないよな)

せっかくサラに起こしてもらったというのに、考え事をしていたら、また遅刻寸前の時間になってしまっている。大輔はパンを口に含んだまま、鞄を慌てて抱え上げ、家を飛び出した。

学校に行く途中、町の商店街を横切るのだが、そこでばったりと、紀香に出くわした。

彼女はコンビニで買ったらしい新発売のガムを大輔に差し出しながら、

「明日だねッ」

と耳元に囁《ささや》いてきた。映画を観に行くことが、二人だけの秘密のような気がして、大輔は少しくすぐったかった。なんとなく照れくさいので清をはじめ、他の男達にも紀香と出かけることは、話してはいない。デートしているところを誰かに見られたら、ちょっとした噂《うわさ》になるかもしれなかった。

「何着ていくか、決めた？」

「……いや、別に。いつもと同じでいいんじゃねぇの？」

「も～、ムードのない男ね。せっかくのデートなんだから、少しはカッコつけて来てよね」

「そういうお前も、いい服着てくるんだろうな……？」

「あたし？　あたしも実は、ちょっと迷ってるんだよね……」

紀香は大輔の顔を覗き込んできた。

「大輔って、どんな格好がタイプなわけ？」

「そうだな……」

どんな服だって別に構わなかったのだが、紀香をからかう意味でも、

「いつもお前乱暴だから、たまにはハイヒールとか履いて、大人っぽくして来いよ」

と言ってみた。

「ヒールぅ……？　あれって、歩くのめんどくさいんだけどな……」

紀香はぶちぶち言いながらも、それでも善処致します、とにっこり微笑んだ。

「ところでさ、最近むつみって、変わったと思わない？」

いきなり話題を振られて、大輔は焦った。

「なーんかさ、妖《あや》しいのよ。時々思い出し笑いしたりしてるし。急に色気も出てきたみたいだし……。男でもできたのか、って思って」

何か知らない？と尋ねられ、大輔は後ずさりしながら、俺が何か知ってるわけないだろ、と、やっとの思いでそう答えた。

「いつまでも子どもだと思っていたのに、あんたの従姉妹のサラちゃんも、めっきり女っぽくなってきたし……あたしもうかうかしてはいられないな……」

女同士、さりげなくチェックしあっているんだな、と大輔は呆《あき》れながらも、二人の女に起きた変化は自分が原因だ、なんてことは、せっかくのデートの前なのだし、当然、打ち明ける気には、なれなかった。


……う……ん、揺れるな……。

ベッドがぎしぎし、床がミシミシと軋《きし》んでいる。今まで味わったことがない、横揺れだ。

「……地震⁉」

跳ね起きると、そこにはサラがいて、すごい力でゆっさゆさと大輔の腰を揺すっている。

「サラ……か、今日はまた随分荒っぽく起こしてくれるんだな」

大輔が声をかけると、サラはつん、とそっぽを向いた。

「何か、機嫌、悪ぃんだな……」

大輔は大きな伸びをした。少し寒かったので毛布を一枚多めにかけて寝たのがまずかったのか、ぐっしょりと背中に寝汗をかいてしまっている。

「俺……シャワー浴びる、な。先、学校行っててていいよ。起こしてくれて、サンキュ」

サラにそう声をかけ、大輔はバスルームへと向かった。

何やら大輔に言いたそうにしていたサラだったが、朝は聞いてあげる時間もない。

大急ぎで汗を流していると、ガラス戸が開いて、サラが入ってきた。

「……？」

彼女の姿を見て、大輔は、慌てて背を向けた。

何を考えているのか、彼女は全裸で大輔の方に近づいてくるのだ。

「お、お前、何考えてるんだ⁉」

うろたえる大輔の背中に、サラがぴっとり、と貼りついてくる。

「お兄ちゃ……ん、ひどい、ひどいよ……」

背中に当たる柔らかな二つの丘の膨らみにどぎまぎしながら、

「な、なんのことだ？」

と大輔は尋ねた。むつみとの同棲がついにバレたのか、と覚悟を心の中では決めておく。

だが、サラの唇から出てきたのは、全く違う言葉だった。

「昨日、清くんから電話があったの。一緒に映画、行かないかって……」

昼休み、清をまじえてサラの弁当を屋上で食べたのだが、その時、清がさりげなくサラに好きな映画を尋ねていたのを、大輔は思いだした。

長いこと可愛がっていた大事な妹分のサラだが、親友の清にだったら、安心してまかせられる。大輔は清の長所を盛んにサラにアピールしたり、逆にサラの弁当を清にほめちぎらせたり、と二人の仲を取り持つのにかなり奮戦したつもりである。

清も相当楽しかったのだろう。早速電話をかけるなんて、オクテの彼にしては、かなり素早い行動だ。

だが、サラの声は沈んでいる。

「お兄ちゃん、サラと清くんが付き合っても、平気なの……？」

「あいつは、いいヤツだよ」

大輔の背中に、どきん、どきん、とサラの鼓動が伝わってくる。

「お兄ちゃん……ほんとに、それで、いいの……？」

ごしごし、とサラが裸体をなすりつけてくる。濡れた背中にサラの体温がじんわりと伝わってきて、大輔は思わずごくり、と生唾《なまつば》を飲んだ。

振り向いて彼女の裸を見てしまったら、どうにかなってしまいそうなので、必死にガマンし、努めて冷静な声で、

「どうした。最近のお前、どこか、ヘンだぞ？」

とかわしてみる。だが、そんな言葉ではサラはひるまなかった。

「だって……」

彼女の手が、大輔の股間《こかん》に伸びてくる。すでに勃起してしまっている肉の塔に触れ、

「お兄ちゃんだって、興奮してるじゃない……」

「そ、そりゃ、ハダカでそんなにくっついてきたら、男はこうなっちゃうよ」

「だったら」

サラは、大輔の目の前に回り込んできた。

「お兄ちゃんの好きにして……。サラ、お兄ちゃんに、教えてもらいたいの。他の男の人じゃ、怖いの。お兄ちゃんがいいの」

健気なサラの瞳を見て、大輔は胸がずきん、と痛んだ。

「小さい時から、初めての人は、お兄ちゃんだって、決めてたの。そうじゃないとサラ、清くんとつきあうことなんて、できない……」

いつもの甘えたおねだり口調でサラが胸にしがみついてくる。か細い腕、まだ実り始めの乳房、つるっとしていてほんの少ししかヘアが生えていない恥丘……。彼女の裸体を見れば見るほど、大輔の頭がジン、と痺《しび》れてきていた。目の前のいとけない女体の魅力に、清への義理も、従姉妹同士だという微妙な関係も、どこかへ吹き飛んでしまう。

「サラこそ、それで、ほんとにいいのか？」

「……」

サラ強く首を縦に振っている。

大輔は彼女を抱きしめ、バスマットにそうっと、押し倒した。

そして、乳房を優しく揉《も》みほぐしてやると、まだ固い丘が、少しずつ緩み、ふわふわと指にまとわりついてくるようになり、サラは、

「あ……ン、お兄ちゃん……ッ」

と喘いでいる。すがるような目で大輔を見つめながら、くい、と自分から腰を突き出し、

「アソコが……なんだか変なの、熱くなってきちゃったの……」

と訴えながら、腰を振っている。

「気持ちよくなってきた証拠だよ」

大輔はそう答えながら、そっと秘唇の中へ、指を忍ばせてみる。湯気もあるのだろうが、ヘアもしっとりと濡れているし、蜜口からもとろみが出てきている。

「あうッ、あ、お兄ちゃん……」

感じやすい体質なのか、サラは痛がらず、指の往復に合わせてヒップを振っている。

「気持ちいい、気持ちいいよぉ……ッ！」

指が二本になっても、サラの中からはたっぷりと女液が出てきて、滑りをカバーしてい

る。ぬちゅりぬちゅりという音がバスルームに反響し、サラはそのたびに羞じらった声をあげている。

　サラの秘処は、彼女の身体と同じように小ぶりで、僅《わず》かな口しか開いていない。花びらもほとんどはみ出しておらず、やっとワレメが出来ました、というくらいの幼い部分であった。こんな華奢《きゃしゃ》なところに肉茎が入るんだろうか、と大輔の方が心配になってしまったのだが、女襞は指の太さに合わせてうまく伸び、侵入物をきゅッ、と包み込んでくる。かなり締まりが良さそうで、挿れたらものすごい快感をペニスに与えてくれそうで、大輔は期待を抱きながら、蜜壺の中をぐちゅぐちゅと掻き回した。

「あ、あん、お兄ちゃん、お兄ちゃん、お兄ちゃん……ッ！」

　あんあんあん、とサラの声が一際高くなり、腰骨がくいッと高く突き出され、次の瞬間、ぶるる、という震えが大輔の指に届いた。

「はあぁ、あ……あ……」

　水色のマットの上で、サラが何度も何度も大きな息をつき、全身をぴくぴくひくつかせている。女性経験が乏しい大輔にも、イッたのだな、ということがわかった。

「あぁぁ……ン、恥ずかしい恥ずかしい……ッ！」

　自分が達してしまったことを、サラも悟ったのだろう、両手で顔を覆って、羞じらっている。

「恥ずかしくなんかないよ。気持ちよくなると、みんな、こうなるんだから」

大輔はそう言って、サラの顔から手のひらをどかすと、優しくキスをした。

そしてゆっくりと、亀頭を彼女の蜜園の入り口へと押し当ててみる。

「お……兄ちゃ……ん……」

絶頂したばかりのサラの全身の筋肉は緩んでおり、蜜も溢れ出ていたため、ヴァージンだというのに案外簡単にぬるり、と奥まで進んでいく。途中、少しだけぷちッ、と引っかかるようなところがあったので、それが処女膜なのかもしれなかった。

「あああ……お兄ちゃんが、入ってる……」

閉じていた瞳を開き、サラがそうっと結合部を覗いてきた。

「入ってるよ」

大輔はそう答えると、ゆっくりと動き始めた。

指を差し込んだ時に予測した通り、サラの蜜壁はひどく狭く、きゅうきゅうとペニスを挟み込み、大輔が腰を振るたびに、一緒になってシゴきたててもきた。あまりの気持ち良さに、ゆっくりゆっくり、休み休みでないと、大輔はピストンができなかった。そうでないとアッという間に発射してしまいそうだったからだ。

そして、イッたばかりで、なおかつヴァージンのサラにとっても、この緩やかな往復運動が、ちょうど良かったらしい。

「はぁ、あ、お兄ちゃん、お兄ちゃんが……動いてる……」

動きがゆっくりなので、自分の蜜芯に肉の棒が出入りしている様子がくっきりと見えてしまっているのだろう。しかも、ペニスはねっとりと彼女のラブジュースで濡れている。

「はあぁ……、お、お兄ちゃん……ッ！」

何度も何度もゆっくりと襞をめくられ続け、サラは再び感極まりかけていた。

「サラ……また……また……ッ！」

うぅッ、と腰をわななかせ、サラが歯を食いしばっている。

かぼそい身体全体に快感が走っているらしく、さあッ、と褐色の肌にピンク色が加わり、特にサラの頬は赤く色づいている。明らかに変化が現れたサラに煽《あお》られるように、大輔の腰はついつい速まってしまっていた。

「あッ……すご……ッ！　サラ……サラ、もう、ダメ、はぁあ、あ、あ、おかしくなっちゃううッ！」

サラの高い声が、バスルームの天井に当たり、大輔の耳にもジンジンと浸みてきた。

「サラ……ッ！」

きゅうきゅうという締めつけは尚一層激しくなり、抜き差しするたびに、腰が震えるほどの快感が大輔に走っている。一緒にイこう、と誘ってくる女襞達の蠢《うごめ》きに抗《あらが》いきれず、大輔は、どびゅ、びゅ、びゅ、と彼女の締まりに合わせるかのように、切れ切れに精を放出してしまっていた。

「あああ……、すごい、すごい……ッ」

小さな身体と小さな蜜穴で大輔の重みと太さに耐えていたサラは、ぐったりとマットの上で脱力しながら、いつまでも肉襞をひくつかせ、初体験の余韻に浸っていた。

3

電車で三つほど行くと、荒巻市一番の繁華街に着く。

土曜日の昼下がりなので、街はカップルや家族連れで、かなりの賑わいを見せている。

デパートの九階にある映画館脇のベンチで、大輔は紀香と待ち合わせをしていた。約束の時間に五分ほど遅れてしまったのだが、彼女もまだ来ていないらしく、ベンチには綺麗なお姉さんが座っているだけだった。

が、そのお姉さんがこちらを見て、

「あッ、大輔〜！」

と立ち上がって手を振ってきたので、仰天した。

よくよく見ると、その女性は……バッチリとメイクをした、紀香だったのである。

ここまで女は変わるものか、と、大輔はまじまじと彼女の全身を眺めてみる。

オレンジ色のぴっちりしたジャケットの下は、赤いボディコンワンピで、乳房の部分を強調するデザインになっているため、紀香の巨乳の谷間がくっきりと見える。かなりのミニスカートなので、真っ直ぐに綺麗なラインを描いている脚も目にできる。履いている黒いストッキングも、赤いルージュも、きりっと描かれたアイラインや眉毛《まゆげ》も、ひとつひとつのアイテムが大人っぽい。

特に赤いハイヒールは、まさに大人の女が履くような高く細い踵《かかと》をしていて、紀香のきゅッ、と締まった足首をよく引き立ててもいる。

「……すごいの、持ってるんだな」

「あ、洋服とかのこと？　うん、お嫁に行った従姉妹がもう着ないからって譲ってくれたんだよね」

紀香も照れ臭いらしく、普段だったら二言三言付け加えて言い返してきてもいいところだが、ぽつんぽつんと呟くような返事しかしてこない。

綺麗だよ、とか、大人っぽいね、などとここは言うべきところのような気がしたが、大輔も一緒になって照れてしまい、そんな気の利いたセリフは口にできなかった。

「さ、行こうか」

と、先に立って入場口に向かおうとすると、後ろで、

「あいた……ッ！」

という悲鳴と、どっしん、という衝撃音が聞こえてきた。

「のッ、紀香……ッ！」

大輔は慌てて彼女に駆け寄った。

「へへ……ッ、なんか床が滑って、転んじゃった……」

紀香は無理に笑みを作って誤魔化そうとしたが、ハイヒールは脱げ、黒いストッキングは伝染し、なんとも情けない格好になってしまっている。

おまけに、大きく脚を開いて転んでしまったがために、パンティーの股間部までが丸見えになってしまっている。張りのある太腿《ふともも》の奥に地色の綺麗なグリーンに、ストッキングのブラックが重なって、かなり淫靡な光景が大輔の目の前に繰り広げられていた。

「大丈夫か？」

床に散らばったバッグの中味をかき集めながら声をかけると、紀香はうん、と頷き、立ち上がろうとしたのだが、

「……痛ッ！」

と、足首をさすっている。

どうも、捻《ひね》ってしまったらしく、立ち上がろうにも立ち上がれない様子だ。

「……しょうがねぇな、ほら」

大輔は彼女の肩を支えながら抱き起こすと、

「ほら、掴まれ」

と、背中を差し出した。

「うッそ……。おんぶ、ってこと……？」

「それしか方法、ないだろ？　歩けないいんだから」

紀香は少しためらっていたようだったが、やがて思い切って、大輔の背に体重を乗せてきた。

「……重くない？」

「重いよ」

これじゃ映画はムリだな、と大輔は紀香に語りかけた。痛くて、画面に集中するどころではないだろう。

「家まで、送ってってやるよ」

「あん、バカ、いいよ。表に出たら、タクシー拾うから……」

でも、と紀香は一呼吸おき、

「大輔の部屋に、行ってみたいな」

と切り出してくる。

「俺？　俺の部屋なんか、汚いし、何もないぞ？」

「だけど、せっかくのデートなんだもん……」

まだ帰りたくない、と紀香はぽつんと呟いた。

今日はむつみは、中学時代の友達と遊びに行くとかいって、朝から留守にしている。紀香を入れても別に問題はなかったので、大輔は彼女の要望を聞き入れてやることにした。

大輔の部屋に、紀香が来るのは、初めてだった。

冷湿布を当てたらかなり楽になったようで、紀香はもう痛くない、と言いだし、物珍しげに部屋の中を歩き回っている。

「あんまり腫《は》れなくて、よかったな」

と声をかけると紀香は、少し顔を曇らせた。

「大輔に見せたくてヒールの靴履いて行ったんだけど、よろけちゃって、バカみたい。こんなんで、ほんとにモデルなんて、なれるのかな」

などと言って、珍しく落ち込んでいる。

「今日だって……デートだから、頑張《がんば》っておしゃれしたし、映画もラブロマンスだから、二人で手なんかつないで見ちゃったりするかも、なんてドキドキしてたのに……」

彼女は今日を本当に楽しみにしていたらしく、力無くうなだれている。

元気いっぱいで、こちらにケンカを売ってたりプロレス技をかけたりしている紀香しか知らなかった大輔は、こんなしおらしい面が彼女にあったのか、と妙に心をときめかせてしまっていた。しかも、格好は色っぽいボディコンワンピ、座っているのが自分のベッドの上、である。

手を出せ、と言わんばかりのシチュエーションだったので、大輔はさりげなく紀香の隣に腰掛け、彼女の手を握った。

「別に映画館じゃなくったって、手はつなげるよ」

「……」

紀香は頬を赤くして、うつむいてしまっている。ますます普段とのギャップが可愛くて、大輔は今度は肩を抱いてやった。そして、華奢な肩から見るからに大きな乳丘のふもとに指を伸ばしていった。

「や……ッ、大輔……」

乳房の頂点に近づくにつれ、紀香の反応がどんどん敏感になっている。緊張を鎮めさせるために、大輔は紀香の唇にキスをしながら、ゆっくりと押し倒した。

「だ、大輔……ッ」

紀香は困ったようなだけど期待しているような瞳で大輔を見つめている。

「映画館じゃ服の上からしか触れないけど、ここだったら……ハダカになったってOKなんだし……」

大輔は一気にワンピースも脱がしにかかった。

赤いぴっちりとした布地は、両肩からするりと滑り落ち、腕を抜くと、腰から下に一気に剥がれていく。

「はぁあ……やだ……ッ、どうして脱がしたり、するのよ……ッ」

伝染したストッキングはすでに脱ぎ捨てていたので、紀香はブラジャーとパンティーだけのあられもない姿になってしまい、心細そうにしている。

「紀香がいけないんだよ。あんな色っぽい格好をして、挑発するから……」

大輔はそう言うと、彼女のほどよく肉がついている太腿にキスをした。

「さっきから、ここがちらちら見えて、男としてはたまらなかったんだ」

「あ……ン……だけど、恥ずかしい……。大輔も脱いで……」

紀香の誘いに大輔は頷き、一気にトランクスだけ残して、服を脱ぎ捨てた。

「これでいいか?」

彼女の上にのしかかりながら、大輔はブラジャーの脇から手を差し入れ、乳房を掴んだ。

「あ、あんン、あ……ッ!」

「ずっと……触ってみたかったんだ」

外向きの乳房は心地よい張りを伴っていて、大輔の指の中で弾んでいる。

モデルになると言うだけのことはあり、紀香の肌は、おそろしく触れ心地が良く、充分に手入れされているなとわかる、絹のような滑らかさがあった。

以前から巨乳だと思っていたが、実際に触れてみると、手のひらではおさまりきれないほどのボリュームがあり、大輔を圧倒してくる。ぷにぷにとした肉は、愛撫《あいぶ》に悦んでいるかのように、小気味よく身を震わせていた。

「紀香のおっぱい……大きいな」

むにゅむにゅと両方の乳房をいじりながら、大輔はそっと、乳首を覗き込んでみた。

あまり色づいていない乳輪と、うっすらピンクに染まっている乳首とが見える。人差し指と中指で摘《つま》んでみると、紀香は、

「あッ……！　ン」

と、背中を反らしている。そして、もじ、と太腿をすり合わせてきた。

アソコが濡れてきたのだな、と直感し、すかさず股間部に指を進ませてみると、じんわりとした染みが拡がっているのがわかった。グリーンのパンティーの、大事な部分を覆っている布は、温かな水を含み、湿っぽくなっている。

「大輔……、私達……どうなっちゃうの……？」

紀香の問いに、何て答えようか、と大輔は息を吸った。

……その時、だった。

玄関の鍵《かぎ》が、がちゃりと開く音がしたのである。

「たっだいま〜ッ！　あれ〜ッ、大輔ちゃん、もう帰ってたんだ〜ッ！」

元気なむつみの声が、二階にまではっきりと、届く。

紀香も大輔もがばゝと起きあがり、大慌てで洋服を身につけた。赤いボディコンワンピを整えた後で、紀香は初めて気づいたらしく、

「今の声、って、むつみ……？　ただいま、って、どういうこと……？」

と、大輔の顔を見つめてくる。

「ええと……」

言い逃れできるわけはなかったので、正直に答えるしかなかった。むつみが家出をしてここに居候していること、クラスや学校の皆にはこのことはナイショにしていること、などである。

「そうだったんだ……。水くさいね、ふたりとも。道理で最近むつみ、付き合いが悪かったわけだ」

紀香は淋しそうに微笑んだ。

「むつみも友達なのに……。どうして隠したりしてたんだろ……」

　友情が裏切られたような思いがあるのか、紀香の表情はたちまち暗くなり、バッグを持ち上げると、帰る、とつぶやいた。

　階段を降りていく彼女を慌てて追いかけると、階下にはタイミングの悪いことに、むつみが立っていて、いつもと違う紀香の様子に仰天している。

「紀香……。どうしたの？　その格好……」

　足を引きずりながら階段を降り、紀香は、むつみをちろりと見た。

「むつみこそ、どうして……。大輔の家にいること、言ってくれればいいのに……」

「あ、ご、ごめんね。なんか……言い出しにくく……って……。そのうち言おうと思ってはいたんだ。ほんとだよ」

　必死で取り繕うむつみに、紀香は、

「もう、いいよ」

と、制した。そしてヒールの靴を履いている。

「……送っていこうか？」

「大丈夫。タクシー拾うから」

　紀香はきっぱりそう言うと、大輔とむつみに背を向けて、ドアを締めて行ってしまった。

　仲良しの女友達の間に亀裂が走った様子を目の当たりにしながら、大輔はなすすべもなく、ただ、立ち尽くしていた。

「どうしよう……、大輔ちゃん、どうしたら、いいかな……」

むつみは涙目になって、大輔にしがみついてくる。

「……あやまるしか、ないんじゃないか？」

苦い顔で、大輔はそう答えた。

「紀香、許してくれるかな？　ね、ね、大輔ちゃん……、どう思う……？」

むつみが大輔の胸に抱きつき、乳房をすりつけてくる。

最近、こうした大胆なスキンシップを彼女はとることが多かった。

「……やめろよ」

この状況では、発情などできるわけもなく、大輔は冷たくむつみを振り払った。

「お前、いちゃつきすぎ、なんだよ」

「……」

むつみは不服そうに大輔を見た。

「だって……そういう関係じゃない、私たち……」

「そういう関係、ってどういう関係だよ。別に付き合ってるわけでもないし、なりゆきでエッチしちゃったくらいで、色々縛ってくるなよな」

「……！」

はっきりと言われたショックで、むつみの顔が青くなる。

「ひど……い、大輔ちゃん」

これ以上言ったら本当に傷つけてしまう、とわかっているのに、むしゃくしゃしている
せいで、さらに言葉を投げつけてしまう。

「教室でもべたべたしてくるし、はっきりいってお前、迷惑なんだよ……」

むつみの目から涙がぽろん、とこぼれたのを見て、やっと口をつぐみ、

「ご、ごめん……」

と大輔はあやまった。

だが、時すでに遅く、

「大輔ちゃんは、紀香のことが好きだったの？　それとも、サラちゃん？　どっちにしろ、
私じゃないことは、確かだよね？」

むつみは顔面蒼白《そうはく》なまま、一言一言区切るように、おそろしくゆっくりとセリフを並べ
ていく。

どう見ても怒っている彼女は、

「私だって……、大輔ちゃんみたいに優柔不断な人間になっちゃうからね。隣のクラスの
村山《むらやま》クンに、明日映画に誘われてたから、ＯＫしちゃうんだから……」

と、切り出してくる。

「お、おい……ッ」

もちろん、止められる立場にあるわけではないとわかってはいたが、ヤケになったむつみが何をしでかすかと、大輔は不安に駆られた。

「おまえ……ひょっとして、村山とヤッちゃったりする、つもり、なのか……?」

「大輔ちゃんには関係ないでしょッ! 私のプライバシーに口出ししないでよッ!」

びしりとむつみに睨《にら》みつけられてしまうと、それ以上何も言えるわけもなく、大輔は、唇をもごもごとさせた。

むつみのことは少々うるさく思ってもいたのだが、他の男に持っていかれるとなると、途端に惜しくなってきてしまう。特に村山は、秀才肌で、大輔とは成績はもちろん、品行面でも大きな差があった。紳士的な彼にリードされているうちに、むつみが、大輔にする時のように乳房を彼にすりつけてしまったとしたら……。

悪い想像が後から後から、悶々《もんもん》と大輔の胸に湧き起こっていた。

第四章　大キライなのに大スキ

1

女の子と並んで歩くのって、悪くないな、と大輔は考えていた。

男性よりか弱い存在だ、と彼女らは自分のことを本能で悟っているのだろうか。一緒に歩くと、どこか、すがってくるような、頼ってくるような、そんな面を見せてくる。

それは、先日の紀香とのデートでよくわかったことだった。あんなに元気いっぱいだった彼女も、男とふたりきりになると、急にもじもじして、可愛らしかったものだ。

そして今日、大輔と肩を並べて繁華街を歩いているのは、むつみであった。

一緒に暮らしてもう二週間近くが経つというのに、皆にバレないよう別行動をとっていたせいもあって、彼女と出かけるのは、これが初めてだった。

先日、隣のクラスの村山とデートをしたむつみは、その日の晩になって、おずおずと大輔の部屋を訪ねてきた。

「あのね、村山クンと、デートしたんだけど……。とっても楽しかったんだけど……」

むつみは言葉を詰まらせながらも、

「でもね、大輔ちゃんと一緒にいるときが、私、一番楽しいみたい……」

と、素直に告げてきた。そして、

「……昨日、ケンカしちゃって、ごめんね。それから教室やお家でべたついちゃって、ごめんね。どうしたら、許してくれる……？」

と、大輔の顔色を窺《うかが》ってくる。

悪いのはむつみじゃない、俺だよ、と喉元《のどもと》まで出かかった言葉を押さえ、大輔はむつみに向き直った。

実際のところ、確かにむつみの言うとおり、サラや紀香やむつみやそして優菜にまで、成り行きで事を運んだ挙げ句、危うい関係になってしまっている。思わせぶりをしているつもりはないが、それを優柔不断と言うのなら、そうであろう。むつみが怒るのも、無理はない、と本音の部分では感じている。

だが、大輔はあえてこちらから折れるようなことをしなかった。むつみひとりを選んだわけではないし、まだ、これからもこのフラフラした現状は続けるつもりだから、折れたところで同じことの繰り返しだと思ったからだ。

それに、せっかくむつみが許しを乞《こ》うてきているのだ。有利な立場を活かしてみたい、という欲が出てきてしまったのである。

大輔がむつみに提案したのは、

「村山ともデートしたんだから、俺ともデートしようよ」

ということだった。嬉しそうにむつみも頷《うなず》いたし、楽しい時間が過ごせるはずだった。

……だが、今、むつみはそわそわとしていて、大輔の顔をちらちら見たり、周囲をきょ

ろきょろしたりして挙動不審な状態である。大輔のリクエストで、制服っぽい緑色のミニプリーツスカートを履いてきた彼女は、

「……そろそろ帰ろうよ」

と、大輔の腕にそっと自分の腕を絡ませてきている。

「どうしてだよ。まだ、来たばっかりじゃないか。何もしてないぞ」

大輔がそう言うと、

「だって……」

と、むつみは目線を落とした。

心待ちにしていたデートだというのに、むつみがこんなに落ち着かないのは、スカートの下がすぅすぅするから、なのだろう。

実は、今日、むつみはノーパンなのだ。

パンティーを身につけずに、一日大輔とデートしてくれたら、仲直りしてやる、とものは試しで言ってみると、かなり迷っていたが、最後にはその条件を呑《の》んでくれたのだ。

わざとミニスカートを履かせているので、誰かに生尻を見られやしないか、気が気ではないのだろう。むつみは先程から何度もスカートの裾《すそ》を押さえたり、ヒップに手を当てたりと、人の視線を気にしている。

「もっと自然にしてたら、どうだ？」

と言う一方で、大輔はさりげなく、彼女のヒップをさわッ、と撫《な》でてやった。

覆っている下着がないからなのだろうか、つるんとしたお尻の丸みがダイレクトに手のひらに伝わってくる。

「もぉ、やだ……ッ！」

むつみは顔を真っ赤にして、大輔を握りこぶしで殴る真似をしてくる。

「大輔ちゃんがヘンなことするから、私……、私までヘンになってきちゃう……」

絡めた腕にぐッ、と体重をかけ、むつみは大輔に接近してきた。そして、身体を彼にすりつけてくる。発情のサインであった。

「したくなっちゃったのか？」

いつもだったら、街中でくっついてくるな、と突き放すところだが、今日ばかりは、彼女の密着ぶりが、大輔はうれしかった。

むつみがノーパンだと知っているのは、自分だけだという妙な優越感が、世間に対して湧いてきている。腕に当たるぷにぷにとした乳房を、今すぐにでも揉《も》みほぐし、スカートをめくり上げて、淫《みだ》らな行為に挑んでみたくもなるが、繁華街でそんなことができるわけもなく、大輔も先程からもんもんとしていた。

「……して、大輔ちゃん……」

むつみがこんなにはっきりとおねだりしてくるのは初めてだった。よほどムズムズしているのだろう。歩き方も、だんだんぎこちなくなってきている。

「しょーがねぇな……」

大輔は駅の方へと歩き出した。家に帰り、部屋で交わろう、と思ったからだ。

だが、むつみは足を止め、いやいやをしている。

「大輔ちゃ……ん、私、お家まで、もたない……ッ」

見ると、膝《ひざ》に力が入っていないらしく、微《かす》かに震えだしている。

「アソコから出てくるお汁が、脚を伝わって垂れてきそうなんだもん……」

ガマンできない、とばかりにむつみは再び腰を大輔にすりつけながら、角の公園を指さした。そこは神社の境内にあり、太い木で覆われた社の陰ならば、人目につかなそうな場所だった。幸いなことに、誰もいない。

「ね……あそこで……」

むつみがくい、と腕を引っ張り、大輔を連れ込んでいく。

そして、境内の古木に両手を置くと、はぁあ、と大きな吐息をついた。

「もう……ダメだよ、私……。もう、もう、どうにかなっちゃう……ッ!」

「どれ」

大輔はスカートの中に手を突っ込み、秘芯を探ってみた。

そこは、驚くほどぐっしょりとぬめり、むつみが言う通り、今にも淫液《いんえき》をぽたぽたと滴らせてきそうなほどに濡《ぬ》れている。

「ぐっちょぐちょじゃないか」

「あ、あぁあん……だって、だってぇ」

指でぬちょぬちょといじってやると、むつみはせつない顔で、ヒップを揺すった。

「す、すごい、欲しいの、ね……お願い、入れて……ここで……」

いつになく大胆で、せっかちになっているむつみは、どうにも我慢の限界に来ているらしく、半泣きの顔で、腰を振っている。

「そのまんまじゃ、入れられないよ」

すぐにでもぶち込んでやりたかったのだが、大輔はわざと冷たく、

「自分でスカートめくって、お尻をぐいっと突き出して、入れてちょうだい、って言えよ」

などと迫ってみた。

「そ、そんなこと……恥ずかしくて……」

むつみはもじもじしていたが、やがて、その格好をしないと入れてもらえない、ということを悟ったらしく、ぺろん、とスカートを巻き上げた。日焼け跡ひとつない真っ白なヒップが、木々の葉の隙間《すきま》から入ってくる日の光に照らされ、眩しく輝いている。

「お尻を高く上げて、こっちに向けてごらん……」

ヤりたい一心のむつみは、大輔の命令にこくりと頷き、ヒップをずい、と差し出してく

る。ぬめぬめと照かっている蜜襞《みつへき》にも光がスポットライトのように当たり、淫らなその色がくっきりと浮かび上がってきた。

「まだ、それじゃ位置が悪い。もっと頭を下にして、めいっぱいお尻を上げて……」

大輔が指示を出すと、むつみは黙ってそれに従い、

「こ……これで……いい……？」

と、小さな声で尋ねてきた。ぐっと前のめりになったため、彼女の顔は太腿《ふともも》の間から出ている。白のハイソックスに、ミニプリーツスカートのティーンがとるポーズとはとても思えないほどいやらしい姿だった。

「おま○こ、全部見えちゃってるよ」

そう言って煽《あお》ると、

「あ、あぁあんッ、は、早くぅッ！」

本気で恥ずかしがっているらしく、むつみはぷるぷる肉襞をひくつかせている。襞が蠢《うごめ》くたびに、中からとろりとした女汁が溢れてきてもいた。

「むつみって、本当にいやらしいな」

彼女を虐めながら、大輔はゆっくりとジッパーを下ろし、肉の棒を取り出した。もちろん、街を歩いている時から激しく勃起《ぼっき》して、先走りの液もかなり出ていたのだが、むつみや周囲の人に悟られないよう、ポケットに手を入れてごまかしていたのだ。

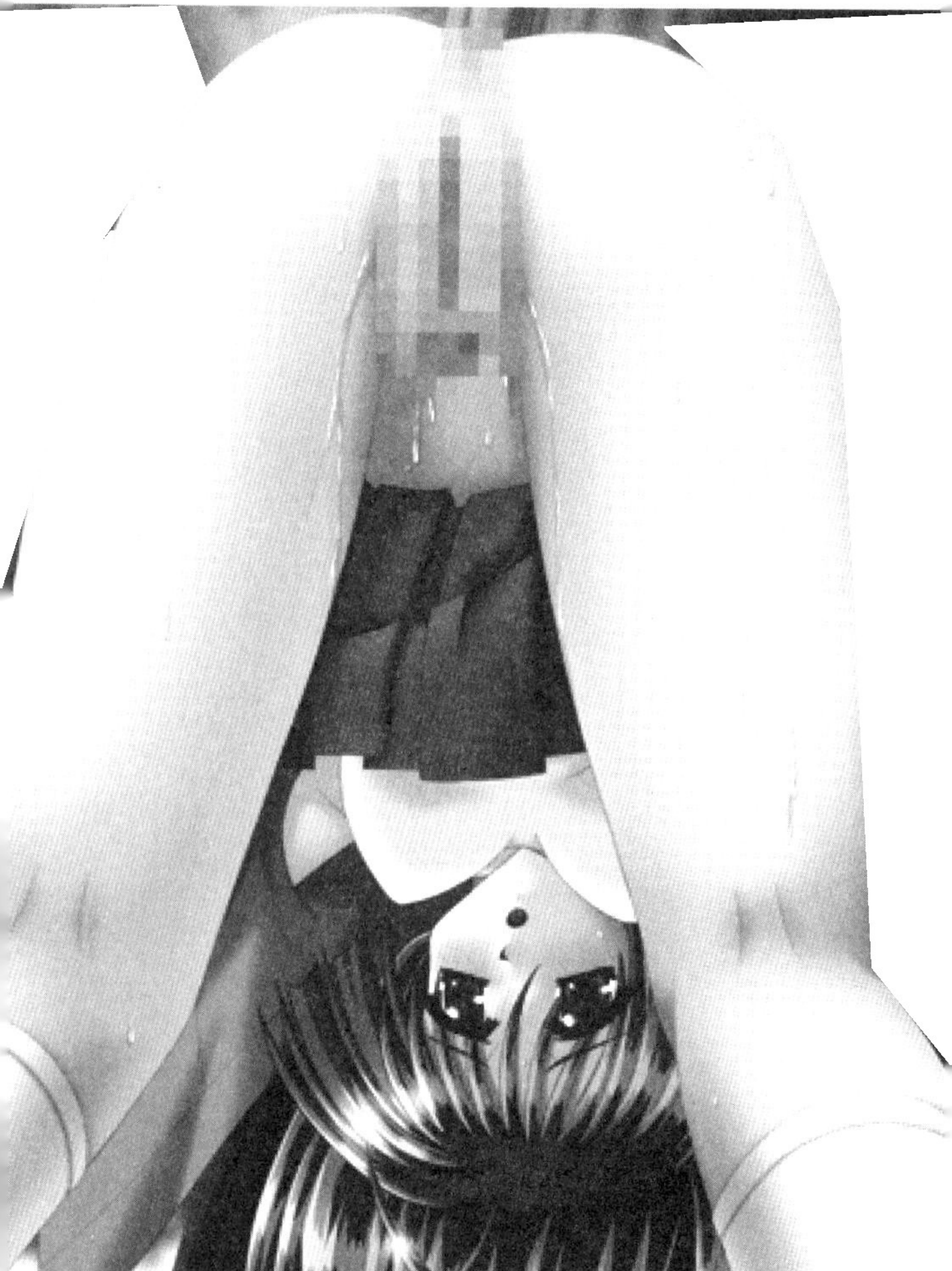

「ほら……ッ！」

ずぷり、と差し込んでやると、むつみは、

「きゃあん……ッ！」

と叫び、ひく、ひく、と早速襞を震わせ、肉棒を確認するかのように取り囲んでくる。

「外でヤりたいだなんて、むつみは、ヘンタイ、だよ」

そう囁《ささや》きながら、ぬぷッぬぷッ、とピストンしてやると、

「あ、あ、あ……ン、ごめんなさい、ごめんなさい……ッ！」

泣き声で何度もむつみがあやまってくる。

彼女の蜜襞は、奥の方も驚くほどに濡れていて、ぐっちょりと湿った液が二重三重に男根に絡みついてくる。とろみがかなりついているので、にっちょにっちょと、ピストンのたびにいやらしい音が伴い、それを聞くたびに、むつみが、

「あぁん、誰かに聞こえちゃう、聞こえちゃう……」

と羞《は》じらい、身を震わせる。

彼女の襞という襞も快感に揺らいでおり、わななきながら大輔自身に吸いついてきていた。町中を引きずり回された羞恥《しゅうち》の余韻が続いているのだろう、しゃくりあげるかのように、時々振動が起き、それがペニスにも響いてくる。

「すごい、すごいよ、むつみ……」

大輔自身、屋外で交わるなんてことは、初めてで、背中合わせの解放感とスリルに、たまらない快感を覚えていた。むつみの興奮に煽られるかのように、肉の棒はどんどん固くなり、柔らかくふわふわしていながらも確かな触感のある蜜襞を掻《か》き分けながら、中を探っていく。大きく振りかぶって突いてやると、その衝撃に耐えながら、女壁はぎゅぅ、と締まり、大輔の精を欲して狂おしく蠕動《ぜんどう》を起こした。

「あああ……ぁ、もう、もう、だめぇ……ッ！」

古木にしがみついていたむつみの手の力が弱まり、ぶらん、と下に垂れてしまっている。

アクメに近づき、脱力しかけているむつみの身体を支えながら、大輔自身も強烈な締まりに煽られて、昇っていった。

これが最後とばかりにずずん、と突くと、

「あああッ、ひ、ひぃ……ッ！」

辺りをはばかってか、むつみの声は掠《かす》れていたが、確かなエクスタシーを得ているらしく、何度も何度も蜜襞にうねりが起きている。

襞の一枚一枚に自分の精をすりこませるかのように、大輔はどくんどくん、と脈打っているペニスから、白い粘液を飛ばした。

2

心地良い疲れを感じながら、大輔は瞳を開いた。

昨夜は家に帰ってからも、なお、身体の火照りが冷めず、むつみとずっと交わり続けていたのだ。屋外で繋《つな》がってしまった、という恥ずかしい体験が、二人の仲を一気に結びつけた、と言ってもいい。

大輔は今さらながら、むつみの身体が性を覚え、目覚めていくさまに感心していた。最初のうちは気持ちいいというより、くすぐったい、という箇所が多かったのだが、今では身体の隅々までビンカンになり、愛撫《あいぶ》にすぐに反応するようにもなった。ペニスを受け入れるだけで精一杯だった女芯も、今では快感によって、様々な表情をするように成長してもいる。弱く浅く突けばふんわりと柔らかく応じ、強く激しく挿れればひくつきながら締めてくる。僅《わず》かな期間で女はこれほどに変わるのか、と大輔は神秘ともいえる順応性に、唸《うな》っていた。

だが、むつみに言わせれば、大輔のペニスもかなり変わったらしい。最初のうちはただただ真っ直ぐにがむしゃらにずんずん突いていただけだったのが、今ではむつみの淫道のあちらこちらを刺激してくるようになったらしいし、何より色が「すこし黒ずんできた」のだそうだ。言われてみれば、今までのような純なピンク色はしていないような気もするし、腰の使い方もサマになってきたような気はする。毎日のようにむつみとセックスしていたのだから、多少はテクを学んで当然といえば、当然だった。

むつみとは、身体の相性がいいのか、お互い欲する時間が同じだったし、ほぼ同時刻にエクスタシーに達しもする。心でというより、まず身体で強く結びついてしまっていたが、馴染んでくるにつれ、少しずつ、大輔の心の中にむつみのスペースが増えてきていることも、確かだった。それは恋愛感情かどうかはわからなかったが、彼女を以前よりずっと、大切に感じるようになっている気はする。

昨晩は、特に燃えてしまった。一体何度身体を重ねたことか……。むつみも大輔も、体力が続く限り腰を振り続けていた。肉欲に溺れる、というのはこういうことかもしれない、と満ち足りたけだるさを感じながら、大輔はうぅん、と両手両脚を伸ばした。

すると、右手に柔らかい髪が触れる。

見ると、むつみがすぅすぅ、と全裸のまま、寝息を立てている。

疲れて、ふたりでベッドに倒れ込んで、そのまま、眠り込んでいたのだ。

霧が晴れるように意識が目覚めていった大輔の耳に、トントン、という遠慮がちなノックの音が入ってきた。

途端、さあッ、と血の気が引く。

「お兄ちゃん……？　起きてる……？」

サラの声がして、大輔はますます凍りついた。

「は、入っちゃダメだ……ッ！」

そう叫んだのと、サラがドアを開けたのと、ほぼ、同時だった。

「…………」

彼女の目に、全裸でベッドに横たわっている男女の姿も、そして、大輔の隣で寝ているのがむつみであることも、映ってしまったことは、確か、だった。

「お兄ちゃん……それに、むつみお姉ちゃん……」

一言そう呟《つぶや》くと、後は言葉にならなかったらしく、サラの瞳がみるみる潤み始めた。

「サッ、サラ……これは、これは、だな……」

言い逃れできない状況だったが、大輔は必死に言葉を探した。

だが、その時、運が悪いことにむつみが目を開け、

「……サラちゃん？」

と驚いたように起きあがってしまった。彼女のふっくらとした乳房が、毛布からぽろり、とこぼれる。

「い……いやッ！」

鋭い声で叫ぶと、サラは階段を駆け下り、外へ駆け出していった。

後を追うにも、全裸だったので、それも叶わず、大輔は玄関に降りて呆然《ぼうぜん》と立ち尽くし

た。玄関ホールには、サラ手作りの弁当の包みが、転がっていた。

「どうしよう……。サラちゃん、泣いてたね」

むつみがおろおろしている。

「私、バイト一緒だし……。どんな顔して会えば、いいかな……サラちゃんにあやまったほうが、いいかな……」

「何も……言わなくて、いいよ」

大輔は静かにそう言った。そもそもこういう事態を招いてしまったのは、むつみを同棲させている状態で、サラに朝、起こしてもらい続けていたからなのだ。いつかはこういうことが起きるという予感を抱きながらも、すべてを自分がなあなあにしてきてしまったために、予感が現実になってしまったのである。

責任を噛みしめながら、大輔は、いつになく真剣な顔で、

「……俺が、サラに話すよ。だからむつみは、何もしなくて、いい」

と、むつみに向かって告げていた。


……だが、何もするな、と言われても、やはりむつみは気になったらしく、さりげなくサラの教室に様子を窺いに行ってきたらしい。

「サラちゃん……登校してないみたい。黒板の欠席の欄に名前が書かれていたもん」

人を傷つけてしまった、という自責の念から、むつみはうなだれている。

「ほっとけよ。少しひとりになりたいんだろう」

サラがどこで何をしているのか大輔も気にはなったが、探して見つかるわけでもないし、たとえ見つけたとしても、今日はサラだって大輔やむつみの顔など見たくはないだろう。

「少し様子を見よう」

と大輔は言うしか、できなかったが、むつみは元気がない。

「……一応保健室も覗《のぞ》いてみたんだけど、優菜先輩がいただけだったし……」

「優菜先輩が？　具合でも悪いのか？」

「うん、ちょっと貧血起こしちゃったみたい……」

むつみの言葉を聞きながら、大輔は優菜のことを想い起こしていた。

大輔の家のリビングで、お互いに舐《な》め合った時の色っぽかった彼女のこと、そして、死んだ恋人にそっくりだ、と言われたこと……。

サラを探しに行くより、優菜を見舞いに行くことのほうが先かもしれない、と大輔は考えた。優菜との関係にしても、余りにも微妙なままであるし、何より、大輔自身が優菜に会いたかったのだ。

次の英語の授業をエスケープし、大輔は保健室をノックした。中からは返事がない。そっとドアを開けてみると、校医の先生の机の上には『会議中』という札が載っている。

三つ並んでいるベッドの一番壁際のものは、四方に白いカーテンが巡らされていて、誰かが寝ているらしい。そうっと隙間から中を覗いてみると、優菜が横たわり、毛布をかけたまま、ぼうッ、と壁を見つめている。

「優菜先輩……」

低い声で呼びかけると、彼女は、ハッ、として振り返った。

「どうした……の？　ケガ……でもしたの……？」

「違いますよ。お見舞いです。貧血になったって聞いたから」

温かな微笑《ほほえ》みに触れて、大輔はふッと心が安らいでいた。

「もう……大丈夫。最近ちょっと食欲がなくて、それで……スタミナ不足だったみたい」

そう答えながらも、優菜は首を傾《かし》げ、どうしたの、と言いたげに大輔の顔色を窺った。

「……そこ、入っても、いいですか」

彼女の顔を見た途端、急に甘えたくなってしまい、大輔は返事も待たず、毛布に潜り込んだ。優菜は驚いた顔をしながらも、よしよし、と頭を撫でてくれる。

「なにか……あった……の？」

大輔は素直に頷き、むつみと突然同棲生活が始まったこと、二人で裸でいるところをサラに見られたことなどを、打ち明けてしまった。こんなことを話したら嫌われてしまうかもしれないと思ったが、彼女の顔を見たら、すっかり気が緩んで、相談を持ちかけてしまう。

優菜は少しびっくりしたようだったが、うん、うん、と穏やかに話を聞いてくれている。

「俺……、どうしたらいいんでしょうか」

何でも話せる心地良さを感じながら、大輔は優菜の胸に顔を沈めた。制服のブラウスごしに、ゆったりと盛り上がった膨らみがわかる。

「ひとりに決められないんだったら……しかたない……んじゃない？　自然に選べる日が来るまで、しばらくは、どちらの女の子も大切にしていくしかない……と思う……」

しばしの沈黙の後、優菜はそう述べた。

「すいません……優菜先輩にこんな話……。俺、優菜先輩にだって、エッチなこと、しちゃってるのに……」

他の女の子とも関係があるということを衝動的に伝えてしまったことを、大輔は少し、恥じていた。優菜は今、精神的に脆《もろ》い状況なのだ。いたずらに彼女を傷つけるようなことを言って、苦しめていやしないか、と、心配になってもくる。

だが、優菜の表情はあくまでも穏やかだった。

「……いいの……。私だって……、どっちつかずの人間、なんだし……。気持ち、わかるから……」

大輔が心境を吐露したせいなのか、優菜も自分のことを話しやすくなったらしく、

「私……、彼のこと忘れられないでいるから、あなたと、あんな風になっちゃったのかなって思うと……恥ずかしくて……」

申し訳なさそうに優菜は、頭を下げてくる。

「あなたは、死んだ彼じゃないのに、身代わりにさせちゃって……。ごめん、ね……」

「いいんですよ」

今度は大輔が優菜のヒップまである長い髪を、撫でた。

「俺なんかでよかったら……いつでも、身代わりにしてください。それで優菜先輩の気持ちが落ち着くんだったら、いくらでも……」

「…………………」

ありがと、と小さな声で言った後、優菜は、

「……お礼……」

とつぶやいて、制服のブラウスのボタンを外していく。

淡い紫の、サテン地のブラジャーから、細身にしては大きな乳房をぶるんと、出し、優菜はじッ、と大輔を見つめている。

「……こすってあげる。これで……」

乳房を寄せ、ゆっさゆさ、と軽く上下に揺すっている。

いわゆるぱいずりをしてくれる、というのだ。

「い、いいですよ、そんな、お礼、だなんて……」

だが、優菜はううん、と首を横に振っている。

「彼がね……これ、好き、だったの……だから……」

懐かしくも哀しい思い出を彼女は辿り、ひとつひとつそれを消化していっているらしかった。その作業に自分が必要ならば、と大輔は思い直し、制服のズボンからペニスを取りだし、優菜の上にまたがった。

「……」

優菜はむきゅ、と両乳房を寄せ、男棒を挟み込んでくる。

ピンク色の綺麗な乳首同士が、今にも触れあいそうなほどに、顔を寄せ合っている。

肉の棒はふわふわとした温かい弾力に包まれ、すぐにムクムクッ、と頭をもたげていく。

「……ん……」

乳丘を、下から上に、すくいあげるかのように、優菜は揺すっていく。柔らかいバストでこすられるのでは刺激が弱いのではないか、とぱいずり未体験のうちは思っていたものだが、いざ尽くしてもらうと、乳房に男根が隠れるさまを見ているだけで、強い興奮が湧いてくる。さらに、膨らみは案外強い弾力があり、むちむちとした肉の塊でしっかり挟まれると、ひどく心地よかった。前後左右に揺すられると、乳房の肉が滑るたびに、大輔のペニスのあちこちに刺激がかかり、快感が与えられてもいく。

「保健室でこんなことして……いいんですか。優菜先輩……具合悪かったんじゃ……」

「もう……大丈夫……。それに先生、会議中だから……」

優菜は少しだけ息を弾ませながら、さらに乳房を揺すり続けていく。

視覚と触覚で煽られ続けた肉の棒はガチガチになるほど固く勃起していき、優菜の乳房では納まらず、尖端が彼女の顎の下辺りにはみ出してきている。

「昔は……ね、これを舐めてあげなかったんだけど……」

フェラチオが苦手だったから、と優菜はつけくわえた。

「だけど……今なら……」

彼女は小さな唇を開くと、ちゅるん、と亀頭を含んできた。

温かく濡れているそこは、柔らかな乳丘での摩擦で火照ったペニスをいたわるかのように、舌で愛撫を繰り返してくる。尖端部分を、ソフトクリームでも舐めるかのようにちろちろと味わいながら、優菜は、さらにゆっさゆっさ、と乳房を揺すった。

ぎしぎし、とパイプベッドが揺れ、優菜の頬《ほお》も赤く染まってくる。

大輔が彼女の乳首を軽く摘《つま》んでやると、

「あン……ッ！」

と短い悲鳴が上がり、さらにきゅきゅ、と乳房でペニスを締めつけてくる。

バストは、ヴァギナとはまた違う快感を、大輔に与えていた。細かな襞の動きやペニス全体を浸す愛液がない代わりに、たっぷりとした肉圧が男根を覆い、これでもかとばかりに乳壁で挟み込みながら、シゴき上げてくれている。そして、一番敏感な亀頭部分だけがお口の奉仕を受けており、ちゅくちゅくという音と共に、吸われたり、舐められたり、と、休みなく愛されている。

「優菜……先輩……ッ」

「……んッ……」

優菜は肉茎をくわえたまま、大輔を仰ぎ見た。懐かしいような、恋しいような、せつないような甘い瞳をしているくせに、その一方で、いやらしいコトをしているんだ、という自覚からか、じっとりと眼は妖しく濡れている。

「出……出ちゃいます……ッ！」

彼女と目が合った途端、大輔の興奮がピークに達してしまい、腰を引く時間もなく、精がぶちまけられてしまった。驚いて唇を放した優菜の顔にどぴゅ、ぴゅ、とザーメンが降り注がれた。

「す、すみません……ッ」

「ううん……うれしい……の」

優菜は本当に嬉しそうに、微笑んでいる。

「してみたかったから……」

「ぱいずりを、ですか？」

こくり、と優菜は頷いた。

「死んだ彼にもう一度してあげたかったし……。何よりあなたにも……」

そこで一旦言葉を区切り、

「私のおっぱいで……してあげたかった……の……」

3

優菜にせっかく慰めてもらったというのに、大輔の心のモヤモヤは、すっきりと晴れたわけではなかった。

サラとの仲がこじれたままだったから、である。

最初のうちは、二〜三日経ったら彼女も機嫌を直すだろう、と楽観していたのだが、数日経った今日でも、サラは大輔を起こしにやって来たりはしない。そりゃあ、あんな光景を見てしまったのだから、家を訪ねづらいというのもわかるのだが、いつも自分を起こしてくれていた声が、途切れてしまうのは、無性に淋《さび》しいものがあった。

サラは二日ほど学校を休んだのだが、今ではちゃんと登校してきては、いる。バイトも、むつみと同じ時間帯は避けているようだが、きちんと通ってはいるようだ。何度か校内でサラに話しかけようと試みてみたのだが、まるで大輔などその場にいないかのように、サラは完全に無視して、すうッ、と、通り過ぎていってしまうばかりだった。

むつみはサラの表情に元気がない、と毎日心配している。

「私とも必要最低限の話しか、してくれないの。どうしよう……」

むつみは話してもらえるだけいい、と大輔は心の中で思っていた。

サラは、哀しいほどにきゅっと唇を結び、怒っているような、涙を堪えているような顔で、大輔の前をいつも通る。ついこの間まで、お兄ちゃん、お兄ちゃん、となついてきてくれていたことを思うと、彼女のそんな豹変《ひょうへん》ぶりは、大輔にとってもショックだった。

むつみとヤることをヤッてしまっていたので、言い訳なんてできるわけもないが、一言あやまろうと思い、自宅に電話をかけたりもしたのだが、叔母《おば》の真紀が出て、

「サラは出たくないんだって。大輔、あんた、何かやったの？」

と訝《いぶか》しげに問われてしまっただけだった。

従姉妹なのだし、一生の付き合いになる関係だというのにここまでこじれてしまったことを、大輔は悔やんでいた。ずっとこのまま無視され続けるのは、あまりにも辛《つら》いことである。サラを失って初めて、どれほど彼女が可愛い存在だったかが、大輔にもわかったからだ。それは、恋人というよりは、妹、という意識のほうが強かったが、それでも彼女がかけがえのない存在であることは確かなことで、その辺のことを、何とかして伝えたかっ

たのだが、サラの気持ちがほぐれるのは随分と先のことなのかも、しれなかった。

サラのことばかりでは、ない。

もうひとつ、大輔を悩ませているのが、むつみと紀香の友情関係であった。親友だったふたりが、大輔のことが原因でぎくしゃくしているようなのである。

紀香は紀香で「大輔と暮らしていること、どうして隠していたのよ」と思っているし、むつみはむつみで「あんなエッチくさい格好で大輔ちゃんとデートしてたなんて」と考えているらしい。互いに同じ男を想っていることがわかってしまった以上、前のようにじゃれあったりはできないらしく、昼休みなどの時に一緒に昼食を食べたりはしているが、どこか、ふたりともよそよそしかった。

女同士の仲に首を突っ込むことなど、大輔にはできなかったが、同じクラスなだけに、ついつい二人のぎこちない様子が目に入ってしまう。今日も、理科の実験道具を紀香とむつみで取りに行くよう先生に指名され、お互いに気まずそうに顔を見合わせながら、出ていった。

理科準備室までは、長い廊下を歩いて行かなくてはならない。道中二人はどんな会話を交わすのだろう……と考えただけで、大輔の胃は、チクッ、と痛んだ。二人が帰ってきた時の表情を見るのも怖かったし、急激にひとりになりたくて、大輔は立ち上がった。

「……すいません、なんか、腹の調子がヘンなんで、早引けしても、いいですか」

むつみと紀香が戻ってくる前に、と、そそくさと教室を脱け出した後、大輔は一直線に家に帰り、ベッドに寝転がった。周囲はお昼寝時なのか、子どもの声もせず、しん、と静まり返っている。大輔は妙に安らぎを感じ、じっと、瞳を閉じていた。

ここ最近、家にいても大輔は気の休まる時が、なかった。

夜はむつみがいるし、朝はむつみに加えてサラもいた。同棲している、という秘密を抱え、我ながらよく耐えてきた、と感心してしまう。結局はさまざまなことがバレてしまい、今、窮地に追い込まれてもいるが、もうこうなったらなるようにしかならないな、という気がしている。

誰にも気がねせず、ひとりごろん、と寝そべっている自由を、久しぶりに味わえただけでも、エスケープしてよかったのかもしれない、と大輔は深呼吸を繰り返した。神経の疲れがどっと押し寄せてきて、大輔を眠りへと誘っていった。

「……大輔」

遠くから声が聞こえてきて、大輔は、ぱちッ、と目を覚ました。

顔の真上に、紀香の顔がアップになっている。

いたずらっぽい瞳で、寝起きの顔を観察され、大輔は、

「……？」

起きたばかりでわけがわからないまま、辺りを見回した。

「俺……授業サボッて……。今、何時だ？」

「二時」

「二時、って……。授業は五時まであるだろ？」

「ん。私もさぼり。仕事があるから、って言って、ひけてきちゃった」

紀香はすでにモデルクラブとの契約を済ませているので、堂々と早引けができるのだ。

「家の鍵《かぎ》、かかってなかったから入ってきちゃったよ」

紀香はベッドに腰を下ろし、

「大輔、気にしてるんでしょ。あたしとむつみのこと」

と、ずばりと切り出してきた。裾の方に白いラインが入っている赤いフレアスカートから、つるんとした膝頭が出ており、大輔はついついそれに目を奪われながら、

「まあ……、気にしてないといえば、嘘《うそ》になるな」

と頷いた。そして、どこか醒《さ》めた笑いを浮かべながら、

「あたしはね……、正直言って、むつみと大輔って、お似合いだと思うよ」

と語り始めた。

「あんた達って、すごく仲いいし……、自然な感じで一緒にいるな、って感じがいつもしていたもん。大輔も、いい加減むつみに決めちゃったら？」

「だ、だけど紀香は……、それで、いいのか？」

「あたし？　……あはは、あたし？」

くしゃ、と泣きそうな顔をして彼女が笑ったので、今のセリフが本心でないことが、大輔にもわかった。

「あたしは、もうプロダクションと契約しちゃったし。当分は男ヌキで、タレント業に専念するし……男のことなんて考える暇なんてなくなると思うし……ッ！」

強がっている紀香を見て、大輔は胸が熱くなってきていた。

彼女は親友のために、大輔のことをあきらめようとしているのかもしれない、という気がしたからだ。

「紀香……」

大輔は彼女をゆっくりとベッドに押し倒し、キスをした。隠そう隠そうとしている紀香の本心を探り当てるかのような、丹念な、舌の動きのせいなのか、紀香は、

「はぁあ……ン」

と吐息をついた後で、上に覆い被さっている大輔の身体にきつく抱きついてきた。

「ほんとは、ほんとはね……。ヴァージンのまま、仕事を始めるのが、怖いの。あたしって、キャラ的には、タカビーなタイプでしょ？　男なんて、いらないわよって顔して、いつでも堂々と胸を張っていたいから……だから……」

そろそろ、と紀香が大輔のズボンの上からペニスをまさぐってきた。そして立派に勃起していると確認すると、震える声で、切り出してくる。

「大輔……あたしに、セックスを……教えてくれない……？　最初で最後でいいの。あたしは仕事に頑張《がんば》るから、大輔にこれから迷惑かけないから……」

「俺なんかで、いいのか？」

尋ねると、紀香は深々と頷いている。

「実はね……。デートの日、エッチしてもらおうっ、て決めてたの。だけどむつみが帰ってきちゃったから……ずっと欲求不満だった……今日まで……」

紀香は自分から制服のボタンを外し、スカートのファスナーを下げた。パステルブルーのブラジャーはフルカップなので、乳房全体を覆っている。普通サイズよりずっと布地の量が多いのだろう、ということは、さほど女性の下着を見慣れていない大輔にも見るだけでわかった。紀香の乳房は、巨大なカップの中から、さらに溢れ出さんばかりに膨らんで息づいている。

彼女につられて全裸になると、大輔は紀香に躍りかかった。これから男女交際厳禁の厳しい掟《おきて》が待っている彼女に、いい思い出を残してあげたくて、全身をくまなく舐めていく。

足の指……おへそ……腋《わき》の下……そしてうなじ……。

「はああぁッ、だ、大輔ぇッ！」

身体の各所で紀香は反応し、腰をくねらせている。

ブラジャーのホックを外し、豊かな乳房を取り出すと、薄桃色に染まった丸い乳首は、すでにつん、と勃《た》っており、興奮を伝えてきている。

「紀香のおっぱい、好きだよ」

下から、横から、はみだしている肉を集めたり、揉み上げたり、ボリュームある乳房の感触を愉しみながら、大輔は乳房の麓《ふもと》から、頂上まで、ゆっくりと円を描くように舌で昇っていった。

「はぁあ……ッ、あ、ああ……ッ！」

乳首を軽く噛んだ瞬間、紀香は全身を震わせ、何度も深い息を吐いている。軽いエクスタシーに達したらしい彼女を優しく抱きしめ、キスしながら、大輔はするッ、とパステルブルーのパンティーを足首の方にまで下ろしていった。

「ここも、舐めてあげるよ」

そう言いながら、彼女の脚の間に割って入り、綺麗にカットされたヘアに囲まれた秘襞に大輔は優しく唇を寄せた。

「やだッ、ちょ……ッ、や、やめて、だって……シャワー、浴びてない……ッ！」

くぅう、と紀香は羞恥で呻《うめ》いている。うっすらと甘酸っぱい匂《にお》いを含んだ秘芯は、開きかけの薔薇の花のように華麗だった。何層にもなっている襞がくっきりと見えているし、その一枚一枚が、それぞれ色合いの違うピンク色に染まっており、美しいグラデーションを蜜口付近で作っている。

「あッ、あうぅッ、あッ、あんンッ！」

全裸の紀香は、襞の一枚一枚をめくり、舌で弾いている大輔の愛撫に合わせて、きゅっとくびれたウエストを右に左に揺すっている。その妖しい蠢きに誘われるかのように、大輔は舌を、蜜壺の中にまで侵入させていった。

「あ〜ッ、あ、あぁッ！」

身体中にキスを浴びたからなのか、紀香のヴァギナは充分すぎるほどに潤っており、泉のように蜜をたたえている。

「こんなに濡れて……」

つややかで、張りのある、紀香の極上の肌を撫でさすりながら、大輔はちうちう、と恥ずかしい水を吸い出してやった。じゅじゅッ、という音がして、紀香の芯からとろみが大輔の舌の上へと流れ込んでくる。

「あうッ、はぁあッ、や……ッ」

頬と耳たぶをピンクに染めている紀香の膝を抱え上げると、大輔は亀頭の照準を合わせた。そして、ゆっくりゆっくり、と、彼女の襞の中に、埋もれていく。

「ああッ、あ、わかる、わかる……ッ！」

太く固いモノが入り込んできたのがはっきりと感じられたのだろう、紀香がはッ、はッ、と短く息を継ぎながら、腰を浮かせてくる。

「痛くないか……？」

「少しだけ……、でも、大丈夫」

そう答え、紀香は大輔を真っ直ぐ見つめてくる。

「これが……セックス、なんだね……」

「そうだよ」

「すごい……ね」

出たり入ったりしている大輔の肉茎を感じながら、紀香ははぅ、と甘い息をついた。

「気持ちいい……どんどん、どんどん、気持ちよくなってくるみたい……」

「もっと気持ちよくしてやるよ」

そう言うと、大輔は彼女の腰の凹みの後ろに手を回し、そのまま彼女の背中を押しながら、後ろに倒れた。

「あ……ッ！」

繋がったままなので、仰向けに横たわっていた紀香の裸身は、大輔に引きずられるように起きあがった。

「や……やだ……ッ、こんな、格好……ッ！」

大輔の上に跨《またが》る女性上位の態勢に、耐えられない、といった表情で紀香は瞳を閉じた。

「全部見えるよ……紀香のおっぱいも、それからおま○こにち○ぽが入っているところも」

「やッ……やぁッ！」

ぷるるッ、と紀香の全身が痙攣《けいれん》し、乳房も女襞も、ぷるぷると揺れている。

紀香の中は、肌と同じように弾力があり、入ってくるペニスを受け入れながら、ぷにぷにと振動を与えてきている。あんまり激しく腰を振るとすぐ出てしまいそうなくらい襞が密集していて気持ちがいいため、大輔は、

「紀香、動いてみろよ」

と、指示を出した。

「えッ、あ、あたしが……？　そんなこと、できない……」

紀香は目を開け、驚いて反論してきたが、

「ゆっくり、腰を上下に振ればいいんだよ」

というアドバイスを受け、渋々ながら、身体を揺すり始めた。

「こ……こぉ……？」

彼女が少し前のめりになりながらお尻を振るので、乳首が前後左右に向きを変えながら、大輔に迫ってくる。それを下から揉み上げてやると、

「は……はぁあッ！」

と、紀香はまた目をつぶって、喘《あえ》いだ。だんだんと快感に支配され、何がなんだかわからなくなってしまったのだろう。無我夢中で、腰を振っているため、だんだんと動きがはしたなくなり、ぐちゅんぐちゅんという音を室内に響かせている。

「はあぁッ、はッ、はッ……はぁ……ぁ、気持ち、いい……ッ！」

「俺もだよ」

大輔は彼女の腰の凹みをしっかと支えながら、下からどぉん、と突き上げてやった。

「あッ、あ〜〜〜〜ッ！」

一段と高い声で紀香が叫び、今の深い突きの名残を求めるかのように、腰をくねくねさせている。もう一発、もう一発、と、大輔はずぅん、ずぅん、と腰を響かせてやった。

「あうぅ、あ、あうぅ、だ、大輔……ッ！」

紀香の女唇がそのたびに、ひくッ、ひくッ、と収縮を繰り返し、襞という襞が、蠢いて、肉の茎にしがみついてくる。

「あたし……あたし……ッ、飛んでっちゃう……ッ！」

最後とばかりに深く深く突き刺した肉刀に、紀香は大きく背を反らし、昇天していった。

唇を大きく開けて、わなわなさせている。

美しく整った彼女の顔が、苦悶《くもん》に歪《ゆが》んでいるのを見つめながら、大輔の男幹からも、樹液がだくッだくッ、と噴出していた。

第五章　クライマックスあげる

1

夕食時が過ぎると、閉店の九時までの僅《わず》かな間、喫茶店アバンティはかなり静かな空間になる。

ジャズが流れ、観葉植物がたくさん置かれている落ち着いた空間で、客達は、思い思いに新聞を読んだり、タバコをくゆらせたり、考え事をしたりして、過ごしている。この時間帯になると、サラやむつみ目当ての荒巻学園の生徒の姿も消え、店内はグッとアダルトな雰囲気に包まれていた。

アバンティのウェイトレスの制服は、クラシカルな外観に合わせているのか、シックな紺のミニワンピースである。その上に白いフリルのエプロンをしているのだが、胸を強調するようなデザインになっていて、男子学生達の目の保養になっているのだ。サラはまだお子様なので、それほどくっきりとは盛り上がらないが、ほどよく肉のついているむつみが入店してからは、むつみマニアの客が増えたと言われるほどに、男性客の目を釘付《くぎづ》けにしてしまっている。エプロンがちょうど乳房の下を支えるようなデザインになっているので、むつみのDカップ（部屋に干されているブラジャーのタグをこっそり見たので、大輔はサイズを知っている）のバストはぐいん、と前に迫り出しており、料理を運ぶ時に、ゆさゆさと乳丘も揺れているのだ。

正直言って、むつみが色々な男の視線に晒《さら》されたり、ちやほやされているのを知ってから、なんだか面白くなくて、大輔はアバンティから足が遠のいていたのだが、今日こそは、サラと話をしよう、と決意して、店のドアを開けたのである。

ワザと、閉店時間近くにやってきて、ビーフシチューを啜《すす》りながら、サラの様子を窺《うかが》っていた。客と喋《しゃべ》っていたのを聞いてわかったのだが、今日はマスターが急用で留守をしており、サラがひとりで店を切り回しているのだそうだ。

大輔が久しぶりに店にやってきたのをちらりと見て、サラはさッ、と表情を固くした。そして、注文を復唱する以外は口もきかず、ビーフシチューを黙って運んできた後は、店の奥に引っ込んで、こちらを見ようともしなかった。むつみと裸でベッドにいるのを見られてから一週間以上経つが、サラはまだ、大輔を許せていないようである。

だが、客が一人減り、二人減りして、ついに大輔だけが残ると、急にサラはそわそわし始めた。ちらちらと大輔と時計を見比べ、ついには、

「お客様、今日はもう、閉店ですので、お会計をお願いします」

と告げ、食後のコーヒーカップを下げてしまった。

「……ひとりで片づけるの、大変だろ？　手伝うよ」

大輔は流しに一緒について行き、腕まくりをすると、皿を洗い始めた。

「い、いい、そんなこと、しなくて、いい……ッ」

慌ててサラは制しようとしたが、

「ひとりでやるより、ふたりでやったほうが、早いだろ？」

と笑いかけてやると、急にしゅん、としてしまい、

「……ありがと」

と、素直に礼を述べてきた。

それからしばらくの間、無言で大輔が洗い、サラが隣の流しですすぎをしていたが、やがて、サラの方から、口をわってきた。

「……お兄ちゃん、って、やっぱり、優しいね……」

「今頃気づいたのか」

大輔は苦笑しながら、サラを肘《ひじ》でこづいた。

彼女と話をしなくなって、淋《さび》しい思いをしていたのだが、二人の間にまた温かいものが流れ始めているのを感じ、皿を洗いながら、妙に顔がニヤけてしまう。自分にとって、サラの存在は大きなものだったのかもしれないな、と考えていると、サラが、小さな声で、

「……ごめんね」

と、告げてきた。

「何が、ごめんなんだ？」

「だから……、ずっとお兄ちゃんを無視したり、してきたこと……」

サラも大輔と同じ気持ちなのだろう、久しぶりに絡ませる視線に、羞《は》じらいをいっぱい

含ませている。

「謝るのは俺のほうだよ」

「ううん、そんなこと、ない。サラがひとりで勝手に怒ったりしてて、悪かったの」

サラは少し淋しそうに、

「お兄ちゃんとむつみお姉ちゃんってお似合いだと、思うもん……。ただ、ちょっと、びっくりしちゃっただけ、なの……」

と付け加えた。

「サラ……」

何と言って慰めたらいいものか、と大輔が一瞬躊躇《ちゅうちょ》した時、ちゃりん、とサラが握っていた銀のティースプーンが落ち、大輔の足元に転がってくる。

「あ……ッ！」

慌てて拾おうとしたサラに、

「いいよ、俺が」

と、大輔が床に座り込んだ。

「ほら…………ッ！」

顔を上げ、スプーンを差し出したところで、思わず表情が固まってしまう。

サラの足を下から覗《のぞ》く格好になっていたので、紺のミニワンピースの制服から出ている彼女の締まった太腿《ふともも》はもちろん、グリーンのパンティーが股間《こかん》に食い込んでいることも、はっきりと見えてしまった。スカート丈が短いため、彼女の下着は隠しきれなかったのである。

「お……兄ちゃ……ん……ッ！」

大輔の視線にサラも気づいたのか、くくッ、とヒップを締めてくる。ますます食い込み、一本の線となって股間の襞に挟まっている木綿の布地を見ると、大輔の男の部分は、素直に起きあがってくる。

「ね……お兄ちゃ……ん」

サラがぺろん、と自らミニスカートをめくりあげ、ヒップを剥《む》き出しにしてくる。そして、とろんとした瞳で、

「お兄ちゃん、コーフン、しちゃってるんでしょ……？　いいよ……」

と腰を差し出してきた。

「バカ、何、やってんだ」

大輔は照れまじりの笑顔で、サラのお尻をぺちん、と叩いた。だが、サラは本気らしく、

「いいよぉ……お兄ちゃんにならいいよ、何度でも……」

と右に左に腰を振ってきている。

「それに……サラもこのあいだ、うんと気持ち良かったし……。してもらいたいの」

ヴァージンを奪ったその日から、サラは濡《ぬ》れに濡れていたし、エクスタシーまで知ってしまってもいた。感じやすい体質なのだろう、彼女の身体は、アノ時の快感を再び求め、疼《うず》いているらしかった。

「あのね……サラね、清くんに交際を申し込まれたの」

　サラはそう打ち明け、大輔に微笑《ほほえ》んだ。

「だけど、清くんと付き合って、すぐエッチってわけにはいかないでしょ?」

　大輔は頷《うなず》いた。清は誰が見ても、マジメで純朴な男である。サラも敏感にそのことを察知しているのだろう。

「だから……今は、サラのアソコ、すごく淋しいから……だから……ねえ、お兄ちゃん」

　突き出したお尻を目にしているうちに、大輔は、誘惑に負けそうになってきていた。サラの可愛い小ぶりのお尻にむしゃぶりつき、パンティーを引きずり下ろして、中をぐちゃぐちゃに突いてみたくて、仕方なくなってきてもいる。

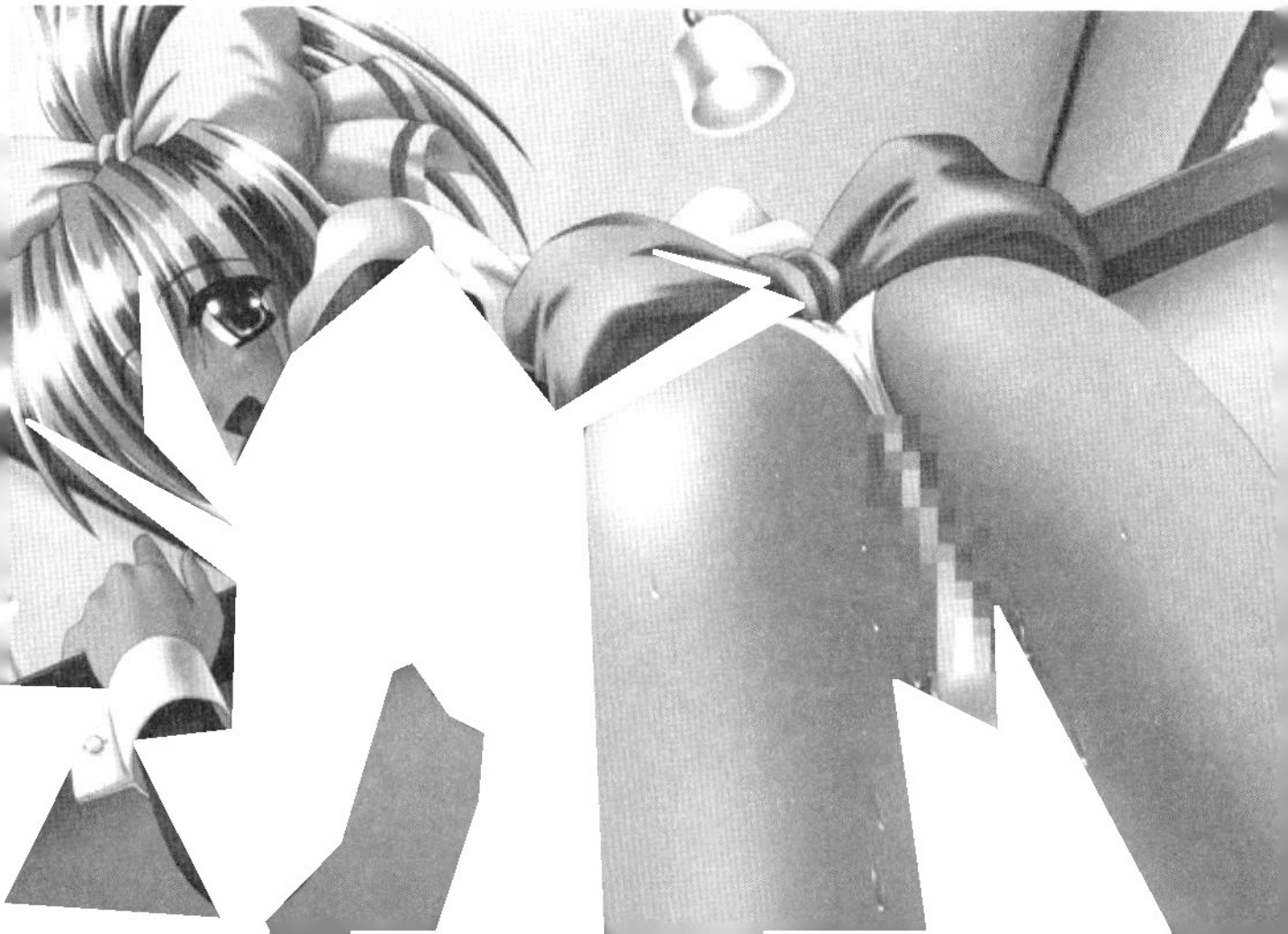

「むつみお姉ちゃんにも……ナイショにしていれば、バレないよ……」

サラはもうすっかりむつみと大輔が付き合ってるものだと思いこんでいるので、いまさら違うんだ、ただ彼女が家出して居候しているだけなんだ、と言い訳したところで、通用しなそうだった。

それに、可愛い従姉妹のサラが、大事な親友の清と付き合う、と言っているのだ。

そのふたりの間に割り込むような真似はすまい、という良心もあり、目の前の御馳走《ごちそう》に手を出せずにいる。

「お兄ちゃん、難しい顔、してる。難しいこと、考えているんでしょ」

長い付き合いなので、サラは、大輔の表情を見れば、気持ちを読み取ることができる。

そして、いたずらッ子のような無邪気な表情のままで、

「難しいこと考えないで……。人間だって動物だもん、したかったらすればいいんじゃないのかなあ」

サラは本気でしたい、と思っているらしかった。自ら、パンティーをつるんと脱ぎ捨てると、大輔に秘唇を恥ずかしそうに差し出してくる。

「見て……お兄ちゃん……」

ぬらぬらッ、とした妖《あや》しいピンク色の肉びらが、大輔の方を、物欲しげに向いている。

先日まではほとんど花びらは締まっており、小さな小さな蜜穴が開いているだけだったの

だが、今日は期待感もあるのか、花びらは少しずつ開花を始めている。まだまだ純な薄いピンク色の蜜芯に、大輔の頭に僅かに残っていた抑えが、弾けていく。

「サラのアソコ……魅力ない……？」

最後まで彼女がセリフを言い終わらないうちに、大輔は後ろから抱きついていた。

「あッ……お兄ちゃん……ッ！」

ジッパーを下げ、肉の棒を取り出し、彼女の手に握らせてやると、

「あぁん、すっごく勃《た》ってる……ッ！」

と、嬉しそうにサラは、上下にシゴいてきた。

「そんなに欲しいんなら、入れてやる」

ワザと乱暴な口調で彼女を虐めながら、大輔はひと思いに貫いてやった。

「ああ……ッ！　あひッ！　あうぅ、おに、お兄ちゃん……ッ！」

サラはしっか、と流しの縁にしがみつき、瞳を閉じた。

はぁはぁ、と激しい息づかいをしながら、何度もあぁぁ、と掠《かす》れた声をあげている。

だが、快感を少しでも逃すまいとしているのか、ヒップはつんと突き出したまま、細い脚に力を入れて、踏ん張っている。

大輔がヒップを持って、ずん、とまた奥まで突いてやると、

「あッ、ふぅ……ン！」

と、サラがまた、声を上げる。幼い花びらは、着実に男のモノの感触を覚え始めていて、おずおずとながら、襞も蠢《うごめ》き出してきていた。

「欲しかったのか」

ずん、ずん、と突いてやりながら、尋ねると、

「あ……ン、お兄ちゃんの、えっち……ッ」

とサラは振り向き、軽く睨《にら》みながら、

「ほんとは……すごくしたかったんだよ……」

と打ち明けてきた。

「だけどお兄ちゃんったら、サラとじゃなくて、むつみお姉ちゃんとしてるんだもん……」

「ごめんよ……」

謝りながら、傷つけてしまった分、気持ちよくしてあげよう、と大輔は指をサラの秘処の前に回し、クリトリスを優しく何度も摘《つま》んでやった。

「あッ、あん、ああッ」

こり、こり、とすぐさま女豆は固くなり、大輔の指の腹の上で可愛らしく頭を振っている。

「あん、そこ……すっごく、イイ……ッ」

サラはヒップの肉をひくつかせながら、今まで知らなかった官能に身を委ねてくる。

「もっと良くしてやるよ」

大輔はそう語りかけながら、サラのヒップを左右にぐいぃ、と開いてやった。

「あッ……あ～ン！」

ぱっくりとサラの花びらが開いていく。そのクレバスの中に、大輔はペニスを滑り込ませた。蜜芯がお尻の肉に引っ張られて開いているおかげで、先程よりも、より深く、根元すれすれまで、肉茎がめり込んでいく。

「ああ～ッ！　もういっぱいだよぉ、いっぱいだよ……ッ！」

大量の肉塊に、サラの唇から悲鳴が漏れ、ぎちぎちに詰め込まれてしまった女襞が震えている。

「全部入ったよ」

「すごい……すごい大きい……ッ！」

大輔がゆっくり動き始めると、サラは、

「あああ、あ、あ……ッ！」

と鼻の奥、喉《のど》の奥から呻《うめ》いている。

顔は真っ赤になり、流しに捕まっている指も震えている。

「イって、いいんだぞ」

そう声をかけながら、大輔は、深く振りかぶり、またずどん、と肉弾をぶつけた。

「あぐぅッ！　お、お兄ちゃん、すごい、すご……いッ！」

サラの細く無駄な肉のついていない腰が軋《きし》んでいる。大輔の興奮も最高潮にかなり近く、ペニスも限界に近いほどの勃起《ぼっき》状態になってきていた。

「あぁッ、き、きついよぉッ！」

サラは泣きそうな声で大輔を振り返った。

「きつくて、気持ちいいだろ？」

彼女の小さな小さな女唇を自分のモノでいっぱいに満たしているという充足感を味わいながら、大輔はさらに腰を振った。

ブラインドを降ろした喫茶店の窓の向こうの通りを、何人かの若者が集団で笑いさざめいて過ぎていくのが、聞こえる。

「あッうぅ……ッ、お兄ちゃん、飛ぶ……ッ！」

サラが一段とヒップを浮かせた。その褐色の肌を掴《つか》み、さらに大きく割れ目を作って、大輔は深く深く、肉の棒を轟《とどろ》かせた。

「やあああッ、飛ぶッ、飛ぶッ、飛ぶぅッ！」

サラの背中が反り、足は床に突っ張ったまま、ぶるぶると震えている。

同時に、ペニス中が女襞の細かな振動に取り囲まれ、精を搾られていった。

大輔の耳にもサラの耳にも、いつしか通りの車の音も人の声も聞こえなくなり、ただただ二人で、いつまでも腰を打ちつけ合っていた。

2

電話を切った後で、優菜は不安げに大輔を振り返った。

「……こんなことしちゃって、大丈夫……なのかな」

「大丈夫かって、何が？」

これから始まる淫《みだ》らな夜を思うと、大輔はそわそわと落ち着かなかった。

ここは、山あいのひなびた温泉宿である。

優菜の家が引っ越してしまう、というので、お別れ旅行を大輔が企画したのだ。

彼女の父親が早期退職をしたことがきっかけで、一家で長野県のログハウスに移り住むことになったのだそうだ。もうすぐ卒業なのだし、優菜だけでもアパートでも借りてひとり暮らしする、という案もあったのだが、彼女自身が転校を希望したという。

「いろいろ……迷ったんだけど……」

とぽとぽ、とほうじ茶を湯飲みに注ぎながら、浴衣姿になった優菜は語り続ける。

「この街にいると、あちこちで、死んだ彼のこと、思い出しちゃって辛《つら》くなるばかりだし……。空気のいい田舎に行って、静かに心の傷を癒したほうがいいんじゃないかな、って気がしてきたの……」

色白の優菜は、にこり、と微笑んだ。この白い肌は、やがて、農作業などで健康的に日に焼けたりするのだろう。変わっていく彼女を思い、大輔は少し淋しくなった。

「彼を思い出さなくなれば……自然と忘れられそうな気がするし……。もう、忘れたいし」

優菜はぽつりぽつりと話し続ける。

両親に「今着いた」と電話を入れたばかりで、少しほっとしているのだろう。膝《ひざ》を少し崩し、くつろいだ姿勢になっている。両親はてっきり女友達とお別れ旅行に行ったと思っているらしく「楽しんでらっしゃい」と告げてくれたのだという。男性恐怖症に陥っている彼女がまさか、男と温泉旅行に行っているなどとは、夢にも思わなかったのだろう。

白と紺の細いストライプ柄の浴衣は長い黒髪の彼女に良く似合っていた。

早く彼女を抱きしめたい……と、気持ちははやる一方だったが、優菜の方はおっとりと、美味しそうにお茶を啜っている。

「ふ……フロに、入りましょうよ」

大輔は落ち着かず、立ち上がった。

この温泉宿は、各部屋に露天風呂がついていて、好きな時間にいつでも入浴できることがウリだった。山奥だということもあり、部屋代も格安である。インターネットで検索してここが出てきた時に、大輔は迷わず予約をしていた。

「いっしょに……？」

小首を傾《かし》げる優菜に、

「もちろん」

大輔はあっさりと答え、全裸になった。すでに股間が大きくなっていることを彼女に示すと、

「あら……」

と、驚いた顔でそれに見入っている。

「俺、先に入ってますよ」

少し照れ臭くなって、大輔はテラスの隅に併設されている露天へ全身をざぶんと浸からせた。石造りの露天で、カップルが入ればちょうどいっぱい、という大きさが可愛らしかった。ごつごつとした岩を無造作に並べている自然を活かした風呂も気に入ったし、竹で周囲を囲っているので、誰かに見られることもない。ぬるめのお湯に首まで浸かると、大輔は目を閉じた。もう夜なので、鳥の声などは聞こえないが、さらさらという、近くを流れるせせらぎの音が耳に入ってきて、心地よい。

そして、背後でかさッ、という音がした。

優菜がやってきたのだ。振り向きたい気持ちを抑えて、わざとじっとしていると、そうッ、と足から湯に浸し、彼女が大輔の左隣に入ってきた。

「……いい気持ち……」

静かにそう呟《つぶや》いている優菜の身体をそっと見ると、乳房から下を、白いタオルで隠している。

「隠すこと、ないじゃないですか……」

「だって……」

優菜は曖昧《あいまい》に微笑んでいる。湯気で曇るから外してきたのか、彼女はメガネをかけていない。レンズをかけていると知的で少しクールな印象も感じるのだが、今の優菜は、ただの、おとなしい女の子、という外観である。

長い髪が湯に濡れ、重いのか、優菜はそうッと掻《か》き上げた。ぽちゃん、と水滴が落ちる。

「優菜先輩……」

大輔は薄手のタオルをめくり上げた。

透明な湯の中で、ほのかなランプの光に照らし出されている彼女の裸身は、ピュアホワイトに浮かび上がっている。細身の身体のわりにボリュームあるバストが湯にぷっかりと浮きあがり、顔を出して揺らいでいるさまは、ひどくエロティックだった。

「綺麗だ……」

たまらず大輔は彼女を抱き寄せ、乳房を揉《も》みながらキスをした。

「……お、ねがい」

唇を放すと、優菜が呟いた。

「先輩なんてつけないで……。優菜、って、呼んで……」

大輔は頷き、二つの乳房を揉みしだきながら、

「優菜」

と声をかけた。

「ああ……ぁ……」

優菜が瞳を閉じ、せつない声を上げる。大輔は自分の膝の上に彼女を乗せると、後ろから柔らかな胸をいじりまくった。

「ん……、ん……ん……ッ！」

優菜の微《かす》かな喘《あえ》ぎを聞きながら、全身を撫《な》でる。温泉水の効果もあるのか、一段とつるつるしている肌は、ただ触れ合っているだけでかなりの快感を大輔に与えてきた。

「ああ……ッ！」

股間のふわふわ生えているヘアを掻き分け、蜜芯に指を差し込んでやると、お湯とは明らかに違うねっとりした液が大量に溢れ出てきているのがわかった。

「こんなに濡れて……」

彼女のヒップを抱き上げると、大輔は女唇に宛《あて》がった。

にゅるん、と肉茎が奥まで入り、優菜のヒップが大輔の太腿の上に、降りてくる。

「あッ……こ、こんなとこで……」

身を震わせ、優菜は辺りを見回した。

竹で囲いをしているので、誰かに見られる心配などないのだが、やはり屋外だということで、落ち着かないらしい。

「いいじゃないですか。ノゾキがいたって。見せつけてやりましょうよ」

大輔は優菜の膝の下に両手を差し込み、ぐい、と左右に脚を開きながら、女体を抱え上げた。

ざざん、と優菜の裸体が湯から現れる。艶《つや》やかな肌の色を、水滴がころころと転がって何粒も落ちていった。

「あッ……ッ、あッ、あッ……！」

「ほら、繋がってるところも、ばっちり見られちゃいますよ」

そう囁《ささや》きながら、大輔は上に下に、彼女の身体を揺すった。

「はッ……！　あ、あ、ダメ、だめ……ぇ」

誰がいるわけでもないが、もし見られたら、というスリルが優菜に快感を呼び込んでいるらしく、しきりにひくッひくッ、とヴァギナが悶《もだ》えている。吸いつくような蜜襞に揉まれながら、大輔は腰を振った。

「あんン、あん、あんン……ッ！」

初めてひとつになった、というのに、お湯のせいなのか、妙にしっとりと肌が合う、と大輔は感じていた。激流に押し流されるように、何度も互いの腰を打ち合わせ、大輔と優菜は同時に高みに達した。


露天から上がっても大輔は優菜が浴衣を羽織ることを、許さなかった。

「優菜のアソコ、もう一度、見せて……」

布団の上に彼女を座らせ、膝を抱え上げて、中の蜜壺を、覗き込んでみる。

何層もの襞がいやらしく顔を出している、優菜のおとなしい外観からは想像もできないほどいやらしいヴァギナが、大輔は好きだった。こんなに襞があるから、先程、湯の中でもむきゅ、とペニスを掴めていたのだろう、とも思いながら、舐《な》めよう、と顔を近づけたところだった。

ふッ……と優菜の唇からため息が漏れた。

怪訝《けげん》に思って顔を上げると、情のこもった瞳で彼女は大輔を見つめている。

「あなたとも……会えなくなるね……」

「俺とも縁を切っちゃうつもりなんですか⁉」

死んだ彼のことを忘れたいと言っていた優菜は、固い決意をしているらしく、表情を変えない。

不意に哀しみが大輔を包んだ。

「俺が、前の彼氏に似てるからって……、俺のことまで、忘れちゃうんですか」

「……ごめん、ね……」

「ごめんね、じゃないですよ。今夜で最後にするつもりだったんですね？」

結局自分は前の恋人を超えることができなかったのだ……、という悔しさがこみ上げてきて、大輔は彼女を押し倒した。

「忘れるなんて、ダメですよ……」

再び彼女の中に刻み込みたくて、大輔の肉根はむくむくッと興隆してきた。

どんな風にすれば、記憶に留めてもらえるのだろう、という焦りと、突然自分の前から去っていく彼女への怒りとで、大輔は布団の上にあった浴衣の紐《ひも》を手に取っていた。

そして、ぐるぐる、と優菜の乳房の上と下とを、縛っていく。

「な……ッ、なに、するの……ッ！」

優菜は戸惑っていたが、腕も乳房と一緒に紐を巻かれてしまったせいで、動かそうにも動かせずにいる。

「ど……うして……ッ」

哀しそうな彼女の瞳にも、大輔は白いタオルを巻いてやった。

「あっ……ど、どうして……ッ！」

そして、後ろから、立ったまま、優菜を抱きしめる。

「優菜……」

おそらく彼女の決意は翻ることはなく、長野に引っ込んだ後は、大輔に連絡もしてこないつもりだろう、ということがわかるので、名残惜しさもあって、乱暴にピンク色の乳首を抓《つね》ってしまう。

「あうぅッ！」

弾かれたように背を反らし、優菜は苦しそうに呻いている。

「俺は、死んだ恋人とは違います。俺は、俺……月野大輔、です」

そう呟きながら、優菜の細い腰を掴み、じゅぶぶぶ、と指ピストンをしてやる。

「あはぁッ〜ッ！」

あられもない声を、初めて優菜はあげた。身体の自由もきかず、視界も遮られている今、触感だけが増大しているらしかった。

「あッ、あッ、あうぅう……ッ！」

先程の交わりからずっと濡れっぱなしの蜜壺から、ぽたり、ぽたり、と女汁が垂れていく。

強烈な快感が走っているようで、優菜は何度も腰を痙攣《けいれん》させ、しまいには、

「はぁ……、い、いくぅッ！」

お尻と膝をぶるぶる震わせながら、エクスタシーに達してしまっていた。

「俺のち○ぽ……ちゃんと、覚えていて、ください」

まだひくついている女襞に、大輔はずい、と肉茎を押し込めた。

ひどく熱を持っている淫芯《いんしん》は、たっぷりと蜜を含めたまま、ペニスに絡みついてくる。

「あッ、くッ、くッ、く……ゥ！」

乳房が快感で膨張したのか、紐が一層きつく食い込み、乳房がむにゅりと凹んでいる。

「優菜……、忘れたら、許さないよ」

ずぼッずぼッ、と奥まで突き、亀頭近くまで引き出してはまた子宮底を撃ち上げながら、大輔は優菜の耳もとに囁いた。

「ああぅ……ッ！」

ぬっちゅぬっちゅ、と淫靡に膣《ちつ》を鳴らしながら、優菜が喘いでいる。あまりの興奮に、返事をする心の余裕もないようだった。

少しずつ、二人の身体が移動していき、優菜の身体はやがて旅館の窓ガラスにぺったりとくっついた。

ガラスに両手をつき、呼吸を必死で整えようとしている彼女の耳に、大輔はだめ押しのようにいやらしいセリフを吹き込んでやった。

「今、窓の外を人が通っていくよ……。ほら、こっちを見た……。縛られている優菜のハダカを見て、びっくりしているよ……」

夜の和風庭園には、人通りなどなかったが、目隠しをされている優菜には、それが嘘《うそ》かどうかもわからず、ただただ、恥じ入って、

「いやッ、いやぁあッ！」

と身を揺すって、ガラス窓から離れようとしている。

その裸身をぐッと取り押さえ、ガラス窓にべっとりと押しつけながら、大輔は深く、深く、女襞をえぐっていく。

「ああッ、あうぅ～ッ、はッ、ハッ……ッ！」

優菜の身体に再び痙攣が起きている。

さきほどよりもずっと大きな絶頂の波に、優菜は啜り泣き始めた。

「あうぅ……はああ、イク、はああ、イク……ッ！」

襞は激しく肉の棒を締めつけてくる。

「優菜……」

彼女のこの乱れようも、襞の艶《なま》めかしい感触も忘れるものか、と、愛おしく思いながら、大輔はどッ、と精を解き放った。

3

優菜が引っ越してからもう三日以上が経ち、彼女がいない学園での生活に、やっと慣れてきたところで、週末がやってきた。

日曜日だというのに、大輔には何も予定がない。

こういう時は、ただただベッドに突っ伏し、惰眠をむさぼるに限るのだが、今日はなぜか、この一ヶ月で自分と交わった女の子達のことが、次から次へと思い出されて、眠るどころではなかった。うららかな日曜の昼下がりだからこそ、彼女達の温もりがふと恋しくなってきたのかも、しれない。

優菜は「もう荒巻の街には帰ってこないと思う」と駅で別れた時、そう告げてきた。

彼女が人生を再スタートさせたい、という前向きな気持ちになったことを喜ばなくてはいけなかったが、どうにも寂しくて、大輔はムダだとわかりつつ「また会いたい」と迫ったりもした。しかし、彼女はただ苦笑するだけだった。

おそらく、優菜はもう、戻っては来ないのだろう、と大輔はわかっていた。だからこそ、露天風呂の中で、そして縛られながら悶えた彼女の淫らな姿が、ひどく愛おしい宝物のように心の中に、いつまでも、残っている。

大輔と喫茶店の中で繋がってしまったサラはというと、ついに、清の告白を受け入れ、交際をスタートさせた。清と大輔は親友なのだから、毎日のように彼からノロケを聞かされている。今日は手を握っただの、今日はキスをした、だのとオクテの清も少しずつ関係を進ませていっているようだから、サラの小さな身体がセックスの快感に震える日も、そう遠くはないだろう、という気がしている。幼い頃からずっと彼女の成長を見つめ続けてきたので、サラには幸せになってもらいたいし、清なら、きっと幸せにしてくれるだろう、という確信も持てる。

彼女のヴァージンをもらったことを、大輔は後悔してはいなかった。ああして交わりを持ったことで、やっと大輔もサラも、従姉妹以上恋人未満、という微妙な関係にケジメをつけることができたからである。恋人になるには、あまりにも近すぎる……。それが、身体を合わせた結果の大輔の結論だった。血は繋がっていないとはいえ、親戚《しんせき》としてずっと近くにいた年月が、逆に二人をさらなる深い関係に進ませることを阻んだ気がしていた。

か細い彼女の褐色の肌を思い出しながら、大輔はしばらく、瞳を閉じた。

次いで、紀香の姿が、浮かんでくる。

彼女は、仕事を始めた途端、あちこちから引っぱりだこになり、今日はグラビア、今日はTV、と毎日忙しそうに仕事をしている。そのため、ほとんど学校にも出てこなくなってしまったが、会うたびに彼女は綺麗になっていて、それが眩しかった。

売れるまでは男はお預け、とプロダクションに言われているそうだが、この分なら、すぐに売れっ子になるんじゃないかな、と大輔は予測していた。だが、紀香の理想は案外と高く「モデルならパリコレ、歌手なら紅白、女優なら連ドラに出られたら一人前。それまでは、男なんて、いらない」なんて口走っている。

気の強い紀香が大輔の腕の中で啜り泣くような声を上げていたことは、二人だけの秘密だった。あの巨乳を揉めたことを誰かに自慢したくて仕方がなかったのだが、

「永遠にバラさないでね」

と念を押されていたため、その事実は、大輔の胸深くに仕舞われている。

大輔がとろッ、とうたたねしかけた時、階下から弾むような足音が近づいてきた。

「おやつだよ～ん☆　クッキー焼いてみちゃった～、おいしいよ！」

顔を出したのは、むつみである。白地のニットの上に当てているピンクのエプロンがいかにも若奥様風であり、大輔は苦笑した。

(そう……、こいつにだけは知られたくないな、紀香とのこと……)

むつみは紀香と親友である。一時は大輔を挟んで険悪になりかけたこともあったが、紀香が芸能界デビューしたこともあって、再び二人の友情は固く結びついていた。時間さえできれば、むつみは足しげくTV局やロケ現場などに差し入れを持って駆けつけている。

今日焼いたクッキーも、おそらく半分は紀香に持っていくためのものなのだろう。

「なッ……なによぉ、人の顔、じっと見たりして……」

むつみは頰《ほお》を赤らめて、大輔の顔を覗き込んでくる。バニラの甘い香りが、彼女の服にもしみこんでいる。

（結局、残ったのは、むつみ、だったな……）

大輔はなおも彼女の丸くくりくりっとした瞳を見つめ続けた。

幼なじみの彼女が、いきなり居候し始めてからもう一ヶ月以上経つ。

その間、ケンカもしたし、うざったくて仕方がない時期もあった。せっかくのひとり暮らしで女にモテ始めていた時でもあったから、たったひとりに縛られるのが窮屈で、何度もキレそうにもなった。

だが……こうして一連の騒動が落ち着いてみると、むつみだけが大輔からずっと離れず、そばにいる。そして二人の呼吸も、まるで若夫婦のように落ち着いてきてもいた。二人でこうやってお茶をしていると、何ともいえない安らぎがあり、大輔の心が和んでいく。

むつみには、はっきり付き合おう、と言ったわけでは、ない。

だが、お互いに毎日のように身体を求め合い、同じ食事を摂っているうちに、リズムが似てきたし、何より、身体の相性がいい。居候として最初は迷惑な存在だったむつみだが、大輔は今では、むつみにいつまでもいてもらいたい、とさえ、考えるようになっている。

かといって、まだ未成年であるむつみを、いつまでもここに置いておくわけにも、いかない。

「なあ……、静枝さんと話し合い、したのか？」

クッキーをもう一枚つまもうとしていたむつみは、母親の名前を聞いて、顔を顰《ひそ》めた。

「してな〜い。もう、あんな親、縁を切るから、いいのッ！」

吐き捨てるように言ったが、大輔が、

「ちゃんと定期的に話し合いは続けていけよ。そうじゃないとこの家、追い出すぞ！」

と叱《しか》りつけると、さすがにしゅんとなり、

「だけど……私……このままで、いいんだもん」

とぐずぐず言っている。

「大輔ちゃんと、ずっとずっと、一緒にいたいんだもの……。私、私ね、静枝ちゃんより、大輔ちゃんと一緒に暮らしたいの」

口から出まかせで言っているのではないらしく、彼女は大きな瞳を潤ませながら、真剣に語っている。

「そんなこと言ってもなあ……。そうもいかないよ。お互いまだ学生なんだし」

などと、もっともらしい理屈を述べかけた大輔に、むつみが、

「大輔ちゃんが、いけないいんだよッ」

とにじり寄ってくる。

「俺が……？　なんでだよ？　お前が勝手に押しかけてきたんだろ？」

「最初はそうだったけど、だけど……。アレを教えてくれたの、大輔ちゃん、じゃない」

そう指摘されて、大輔もうっ、と詰まった。

むつみの言うアレ、とは、もちろん、性的なこと、つまりは、セックス、である。

ヴァージンだった彼女の蜜穴を開拓し、肉棒で貫いたのは、確かに大輔だったし、その後もあまりの気持ち良さから、彼女の身体を何度も求めてもしまった。

「私……私、大輔ちゃんのいない夜なんて……もう、考えられない……」

むつみは、ベッドに登り、大輔を押し倒した。そして、キスを仕掛けてくる。

「大輔ちゃんと毎日、繋がってたいもん……」

「むつみ……」

それは、大輔だって、同じ思いだった。いつでも結びつくことができる異性が家の中にいることで、毎日に何か張りのようなものも出てきている。せっかくむつみとの生活も慣れてきたことだし、本音を言えばこれからも一緒にいたい気はしていた。

だが、このままずるずる居着いていても、むつみにとっていいことはなさそうである。

「な……、一回家に戻って、静枝さんと話、じっくりして来いよ」

静枝だって、母親である。そろそろむつみのことが心配になってきているはずだ。実は、三日ほど前に、大輔にあてて、様子伺いの電話が届いている。じっくり話し合ってみたいから、一度家に戻してはくれないか、とその時、頼まれてしまっていたのだ。

「大輔ちゃんたら……」

むつみがスネたように、大輔のパジャマのボタンを外し、ズボンも引きずり下ろしにかかる。しまいには、トランクスまで取り去ってしまい、自分も全裸になって重なってきた。

「だったら……こんなこと、教えないでよ。あんなことも、そんなことも……」

ぷにぷにのバストを大輔の乳首にこすりつけながら、むつみはため息をついた。

「私……、大輔ちゃんなしじゃ、生きていけないよ……」

「むつみ……」

そんな風に求められたら、男として非常に嬉しいのだが、やはりむつみは家に戻るのが一番だ、と大輔は自分に言い聞かせながら、

「別に永遠にできなくなるわけじゃないし。毎日ヤるのもいいけど、時々会って、濃いのを一発ヤるのも、いいもんかもしれないぞ?」

と、説得にかかる。

「エッチに濃いのと薄いのが、あるの……?」

むつみは目を丸くして、

「それじゃ……濃いの、って、どういうのなの?」

と、尋ねてくる。

「知りたいか」

「……うんッ」

まだ未知の快感があるのでは、と、むつみの瞳は期待で早くもとろんとしてきている。

「……教えてやったら、家に帰るんだぞ」

そう言いながら、大輔はむつみの脚を開き、花びらの中心部に唇を寄せた。

いつものように、彼女の蜜芯は、よく濡れている。初めて味わった時よりも、ずっと彼女の淫襞はいやらしい外観になってきている。隠れていたびらびらが、少しずつ表に出てくるようになっているし、何より、色味がヴァージンピンクから、少しずつサーモンピンクへと変化してきてもいる。見るからに男を知っていそうな秘処からは、とろとろ、と絶え間なく艶汁が溢れており、大輔はちうちう、と派手な音を立ててそれを吸い上げた後、クリトリスを右手の指で摘み、左手では女肛をつんつん、と突ついてみた。

「あッ、やァアッツ、なに、してるのぉッ⁉」

雑誌やAVで知った、いわゆる『三点責め』である。感じるところを一度に刺激してやったら、どんな反応をするのだろう、と思っていたのだが、むつみは想像以上に身体をひくつかせ、腰をくねらせている。

「あッ、ああん、やだぁ、なに？　何してるのぉッ！」

同時にあちこち触れているので、何が起こっているのか、わからないらしく、混乱しながら、それでもむつみは喘いでいる。

「秘密」

大輔は今度はクリトリスを唇に含み、右手の指をヴァギナの中に差し入れてみた。

ちゅぷちゅぷ、とすぐさま蜜が反応し、快感に高鳴っている。

「ああッ、ああン、あ、あ……ッ！」

三ヶ所をあれこれといじられ、むつみは顎をそらせ、激しく腰を震わせている。

「あああ……ッ、あ、い……イクぅッ！」

陸に上がった魚のように、むつみは全身をびくんびくんと跳ねさせながら、絶頂感に浸っている。襞が目に見えてひくつき、女肛までが、菊蕾をきゅんきゅん締めている。

「は……はぁあ……ッ」

やがて、潮が引くように快感が薄れていき、むつみはゆっくりと目を開けた。

「大輔ちゃん、すごい……。何してたの……？　あんなの、初めて……」

ぼうっとした眼で、

「あぁいうのを濃いエッチって、いうんだね……」

と、妙に納得して、ひとり、頷いている。

「まだ、これからだよ」

大輔はむつみの右腿を抱え上げると、ずぶり、と肉茎を挿し入れてやった。

「えッ、えッ、えぇ……ッ!?」

むつみは困惑した顔で、結合部を見つめている。どんなことをされるのか、不安げな表情だ。

前から彼女をもっと深く突いてやりたい、と思っていたのだが、華奢《きゃしゃ》な女の子の身体が壊れてしまいそうで、乱暴なことはあまりしてこなかった。

だが、今日なら、少々荒っぽいことをしても、許される気がして、思いきり、臀部を引き締めたまま、彼女の中を、ぐちゃぐちゃ、と掻き回していく。

「あッ、やだッ、あ、ああッ、か、固い、すごい、すごいッ！」

むつみはたまらず大声を上げながら、シーツをぎゅっと掴み、激しい官能に耐えている。

彼女の腰がペニスの衝撃で軋み、きちきち、と音をたてている。

「あああ、あああ、あああ、すごい、すごい、すごい！」

すごい、と何度も連発しながらむつみが喘いでいる。

奥の奥まで突いていることと、男性本位で思いきり刺していることにより、むつみの心身が激しいピストンについていけなくなってきているようだった。

「ああッ、ああッ、ああッ、ああ〜ッ！」

ベッドも彼女の腰も、激しく軋み、むつみは泣いているような、苦悶《くもん》に耐えているような表情で、顔を真っ赤にしながら悲鳴を上げている。

ぐっちゅぐっちゅ、と出し入れするたびに、聞いているほうが恥ずかしくなるほどの淫

らな粘りある音が出てきており、それを耳にしたむつみは、

「あッ、あッ、あッ、またイクッ、イクぅッ！」

と訴えてくる。

「何度でもイッていいんだよ」

そう答えながら、大輔は性器と性器を何度も撃ち合わせ続ける。

「あうぅ、あ、あ、あ、大輔、大輔ちゃんッ！」

むつみの感極まった声が、何度目かのエクスタシーを告げてきた時、大輔の肉茎もかぁッと熱くなった。彼女のヴァギナの熱が伝わってきたのかもしれなかった。

「むつみ……ッ！」

大きく口を開けながら動かなくなってしまった彼女だったが、蜜芯だけはまだ意識があるのか、ぬりゅりぬりゅり、とペニスにまとわりつき、精を吸い出そうと、触覚を伸ばしてきている。

「あああ……ッ！」

最後の力を振り絞ったむつみの蜜襞が、男幹全体を取り囲み、奥へ奥へと引きずり込みながら、シゴいてくる。

「むつみ……ッ、出る……ッ！」

大輔も眼を閉じ、弾け出ていくザーメンの勢いに身を任せながら、彼女の上に覆い被さ

っていった。

「ああ……ッ、だ、大輔ちゃ……ん……！」

こんなに突きまくったことも、こんなに感じているむつみを見るのも、大輔は初めてだった。明日彼女が家に戻ることになるのかもしれなかったが、今の激しい交わりは、ちょっとやそっと離れたくらいで引き裂かれないほど、ふたりの絆《きずな》を深めている。

むつみに口づけながら、

（結局、残ったのはお前だけだよ……）

（お前だけが好きなのかもしれない……）

何度もそう告げてやりたくなったが、照れが先に立ってしまってそんなセリフは口に出せず、ただ、大輔は彼女のサラサラの茶色い髪を撫で続けていた。

そして、そんな大輔の背中にむつみの両手が撫でていた。

エピローグ

今日も温かな太陽が部屋に差し込んできて、その眩しさに大輔は目を覚ます。

東向きのこの部屋は、朝日がよく入るのだ。

そしてその瞬間、
光に目を細めながら、大輔はベッドの上の目覚まし時計を見た。

「う……ん……」

「……やべッ！」

と、跳ね起きる。午前十時を過ぎており、学校に大遅刻してしまっている。

だが、次の瞬間、くいくい、と大輔がくるまっているシーツが引っ張られた。

「大輔ちゃんったら……。今日は学校、お休みでしょ？」

「あ……そうか、そうだっけな……」

そういえば今日は、荒巻学園の創立記念日、だったのである。

「もぉ……、ほんとに大輔ちゃんって、おばかなんだから……」

むつみはベッドの上で頬杖《ほおづえ》をつきながら、微笑《ほほえ》んでいる。

彼女は、裸だった。

よく手入れしてある茶色のストレートロングヘアが、シーツに触れてさらりと音を立てている。

腕の向こうには、上半身とベッドの間に挟まり、ふにゅっと柔らかく潰れかけている乳房と、その尖端についている薄い色の乳首が見えている。

彼女の真っ白な裸身は、日の光に照らされて、ひどく眩しかった。

夕べ、母親の静枝が留守だからといって、むつみが泊まりに来ていた。

彼女は今は静枝と暮らしているのだが、時々こうやって、大輔との交わりを持ちにくる。

そして昨晩、むつみと大輔は、裸で抱き合って眠ったのだ。同棲している間、セックスが終わった後に、まどろみつつ、お互いに触れながら、ゆっくりと眠りにつくのが習慣になってしまっていたからである。

深夜ならいいのだが、こうして余裕のある朝、女の子の裸身を見るのは照れ臭い。

大輔はごほん、と咳払《せきばら》いをした。

「変な、大輔ちゃん……」

余裕の表情のむつみが小憎らしくて、

「うるせぇな～。それよりお前、そろそろ家に帰ったら

どうなんだよ」

と、大輔はいつものセリフを吐いた。むつみからは、

「いいじゃん、もうすこしいさせてよ」

という言葉が返ってくるはずだった。

こんな戯れが、いつまでも続くわけはない、ということは、大輔もわかってはいた。

二人とも学生なのだ。いつかは大輔の両親だって海外赴任先から戻ってくる。そうしたら二人はおおっぴらに家の中でエッチなど、できなくなることだろう。

しかし……今日のむつみは、どこか、違っていた。

「ふふふ……」

と笑い、ベッドランプの下に挟んである封筒を取り出し、

「はいッ！」

と差し出してくる。

何だろう、と中の白い紙を取り出し、大輔は絶句した。

それは『婚姻届』だったからだ。すでにむつみの名前の欄には署名がされている。

「結婚すれば、いつまでもいつまでも、ずーッと、大輔ちゃんと、一緒にいられるんだもんね～ッ！」

得意げな彼女に向かい、大輔はため息をついた。

「あのなぁ、お前、法律ってもんを知らないの？　未成年者ってのはな、親の承認がないと入籍できないんだぞ？　ほら、ここにも書いてあるだろ……」

彼女に婚姻届を指し示そうとしたが、むつみはひとり、ニヤニヤしている。

「承認、もらってるもーん」

「なッ……！」

唖然としながら裏面を見て、大輔は今度こそ、言葉を失った。

政経の授業が脱線した時、教師が婚姻届の知識をいろいろと披露してくれていたので、たとえ成人したとしても、婚姻には二名の友人知人の承認と捺印《なついん》が必要で、その欄が裏面にあるのだ、ということを、大輔も覚えていた。

確かに、婚姻届の裏面には、証人がサイン捺印する欄がある。

そして……そこには、すでに二名分の署名と押印がされていたのだった。

「なッ……、なんだよ、これぇ～！」

なんとサインをしていたのは、むつみの母の静枝と、アメリカにいるはずの大輔の父親だったのである。

「昨日航空便で届いたんだよ～」

むつみは嬉しそうにニコニコしている。

「お、俺の親に、勝手に連絡したんだな？」

「だってぇ、親の承認がないと結婚できないんだもん、しかたなかったのよ」

むつみは涼しい顔をして、

「お父様ったら、ひとり暮らしさせるより、いっそ結婚してくれていたほうが安心だ、って、快くOKしてくれたのよ」

と大輔に微笑みかける。

「だ、だけど、俺は……」

背中にじっとりと汗を滲《にじ》ませながら、大輔は訴えた。

「誰がいつお前にプロポーズしたっていうんだ？　気が早いにもほどほどにしろよ」

「あっらぁ～」

むつみはじっとり、と大輔を睨《にら》みつけた。

「じゃあ、大輔ちゃんは、あれだけ毎日私とヤッておいて、ほとんど夫婦同然の生活を送ったっていうのに、責任を取らない、っていうのね？」

「せ、責任だなんて、そんな……おい、ちょっと……」

「ひとりの純真な女子校生をヤり捨てて、少女の人生を滅茶苦茶にする気なのね⁉」

「そ、そんなことはしないが、だけど、しかし……」

「だったらいいじゃない」

むつみはにっこり笑った。

「最近は四組に一組が離婚するっていう時代なんだし〜、とりあえず結婚して、イヤになったら別れちゃえば、いいんじゃないの？」

「うぅぅ……」

なんと言い返していいのかわからず、大輔はぎりッと歯を噛んだ。

「お前、静枝さんはそれでいいって言ってんのか？」

「もちろんよぉ」

むつみは意味深な笑みを浮かべた。

「私と一緒に結婚式挙げる、って今から、大張り切り！」

「え……、ってことは、お前、静枝さんの結婚をついに認めた、ってことか？」

「ん……認めるっていうか、なんかね……、静枝ちゃんの人生は静枝ちゃんのものなんだし、彼女がやりたいようにさせればいっか、って気には、なったかな」

「へえ、立派じゃん」

この同居生活で、むつみの気持ちが成長したのが、大輔は我がことのように嬉しかった。

「私は私で、幸せな家庭を築けばいいんだし……」

すっかりその気のむつみに、大輔は苦笑した。

だが、母が再婚して淋《さび》しい思いをしている彼女を放っておくわけにもいかない。

結局は大輔と一緒に暮らすのが、むつみのためにもいいのだろう。

「しょーがねぇな……」

結婚すッか！　と言いかけた瞬間、むつみが子犬のように突進して抱きついてきた。

「ね、ね、大輔ちゃん、私、いい奥さんになる！　お料理もお掃除もお裁縫も、今よりずっとずっと上手になって、いっぱいいいっぱい尽くしてあげちゃうから。だから、だから、幸せになろうよ、ねッねッ!?」

可愛い夢を語りながら、むつみはぷにぷにとした乳房を大輔の裸の胸にすりつけてくる。

これからもずっと彼女に振り回されることになりそうだな、と大輔は予感したが、そんな人生もまたいいのかもしれない、という気もしていた。

そして、日光に輝いている彼女の裸身に大輔は手を這わす。

「あン、朝っぱらからぁ……」

困ったような、それでいて嬉しそうなむつみの囁《ささや》き声が、耳にくすぐったく入ってきた。


（終）

あとがき

みなさまおかわりありませんか？　内藤みかでございます。

　昨年六月に出しました『尽くしてあげちゃう』は、私にとっての大ヒット作となり、多くの方から面白かった、とほめていただけて、非常に幸せでした。おかげさまで、こうして『尽くしてあげちゃう2』も書かせていただく運びとなりました。とっても光栄だし、うれしいです。あなたの一票ならぬ、あなたの一冊お買い上げが、大きな力となるのですね。いつも買ってくださっているあなたも、今回たまたま手にとってくださったあなたも、本当に、本当に、ありがとう。感謝しています。

　尽くしてあげちゃうについてですが、男の人が口を揃えて言う言葉が「とにかく、タイトルがイイッ！」なんですよね。なーんだ、小説の中味がイイわけじゃないのね、とちょっぴり不服に思いつつも、このタイトルのインパクトさは、確かに絶大だなあって私も感心しています。

　それほどみなさん、尽くされたい願望を持っているんでしょうね。近頃は強い女が増えてきて、昔ながらの黙ってご奉仕してくれるしっとりした女性ってのが少なくなってしまいましたもんね。三つ編みと三つ折りソックスの女学生のごとく絶滅寸前の「尽くす女」を現代風にアレンジしたこのゲーム、人気があるのも、頷けます。

今回も前作以上に、女の子達が尽くして尽くして尽くしまくっています。

他の女の子の動向を気にしながら、ひとり暮らしの大輔のために、あれこれ気を使い、自分がしてあげられることを一所懸命探していく彼女達のけなげさは、なかなか読みごたえがあると思いますよ。

女の子って、本質的にはまめまめしいから、何かきっかけさえあれば、途端に尽くしてくれるようになるんですよ。今回は大輔のひとり暮らしが大きな気持ちの転機になったんでしょうね。あなたにも、ひとり暮らしになった途端、妙に親切にしてくれる女の子がいたら……、それはちょっぴり脈アリ、とみてもいいのかもしれません!?

この作品、とってもエッチで面白くって、のめりこんで原稿を書けたのは、とても良かったのですが……。私の悪い癖で、長編の世界に入ると、飲食、フロ、睡眠など、人間の基本的行動を忘れてしまいがちになるのです。幸い家族がいるので食べて寝る程度はどうにかこなし、オフロも頭ぼーっとさせながらなんとか入っていましたが、とんとご無沙汰になってしまったのが「運動」です。毎日最低一時間は運動しよう、と決めていたのに、全く全然、できませんでしたね（反省）。これならできるかも、と買ったパラパラのビデオも、ほこりかぶったまんま、一度しか使わなかったし……。

寒かったこともあって、暖房の効いた部屋の中で仕事に没頭していたため、私ったら、太ること太ること。一冊書き上げて体重計に乗った時は、驚きのあまり、何度も何度も計測しなおしてしまったほどです。どうしましょう。このお肉……（泣）。ああ、夏までには、どうにか体型が戻っていますよぉに……ッ！

　最後になりましたが、さまざまな事情で原稿が遅れに遅れてしまった私を温かく待ち続けてくださった久保田様を始めとするパラダイムの皆様、私にノベライズをまかせてくださったトラヴュランスの皆様に、厚く御礼を申し上げます。楽しくお仕事をさせていただき、ありがとうございました。

　また、この作品の最終章を書いている時に、私の作家仲間でありますす塚原尚人氏が、二十七歳の若さで永眠なさいました。パラダイムでも一冊ノベライズを書いていらして、その素晴らしい才能を失ったことを、とても残念に思っております。この場をお借りしまして、心から彼のご冥福をお祈り申し上げます。

二〇〇一年一月　オイルヒーターの温もりと共に

内藤みか

尽くしてあげちゃう 2
～なんでもしちゃうの～

2001年2月10日 初版第1刷発行

著　者　内藤 みか
原　作　トラヴュランス
原　画　志水 直隆

発行人　久保田 裕
発行所　株式会社パラダイム
〒166-0011 東京都杉並区梅里2-40-19
ワールドビル202
TEL03-5306-6921 FAX03-5306-6923

装　丁　林 雅之
印　刷　株式会社秀英

乱丁・落丁はお取り替えいたします。
定価はカバーに表示してあります。
©MIKA NAITOU ©TRABULANCE
Printed in Japan 2001

既刊ラインナップ

定価 各860円+税

1 悪夢～青い果実の散花～ 原作:スタジオメビウス
2 脅迫 原作:アイル
3 痕～きずあと～ 原作:リーフ
4 慾～むさぼり～ 原作:May-Be SOFT TRUSE
5 黒の断章 原作:Abogado Powers
6 淫従の堕天使 原作:DISCOVERY
7 Esの方程式 原作:Abogado Powers
8 歪み 原作:May-Be SOFT TRUSE
9 悪夢 第二章 原作:スタジオメビウス
10 瑠璃色の雪 原作:アイル
11 官能教習 原作:テトラテック
12 復讐 原作:クラウド
13 淫Days 原作:ルナーソフト
14 お兄ちゃんへ 原作:ギルティ
15 緊縛の館 原作:XYZ
16 密猟区 原作:ZERO
17 淫内感染 原作:ジックス
18 月光獣 原作:ブルーゲイル

19 告白 原作:ギルティ
20 Xchange 原作:クラウド
21 虜2 原作:ディーオー
22 飼 原作:13cm
23 迷子の気持ち 原作:フォスター
24 ナチュラル～身も心も～ 原作:フェアリーテール
25 放課後はフィアンセ 原作:スィートバジル
26 骸～メスを狙う顎～ 原作:SAGA PLANETS
27 朧月都市 原作:GODDESSレーベル
28 Shift! 原作:Trush
29 いまじねいしょんLOVE 原作:U・Me SOFT
30 ナチュラル～アナザーストーリー～ 原作:フェアリーテール
31 キミにSteady 原作:ディーオー
32 ディヴァイデッド 原作:シーズウェア
33 紅い瞳のセラフ 原作:Bishop
34 MIND 原作:まんぼうSOFT
35 錬金術の娘 原作:BLACK PACKAGE
36 凌辱～好きですか?～ 原作:アイル

37 My dearアレながおじさん 原作:ブルーゲイル
38 狂＊師～ねらわれた制服～ 原作:クラウド
39 UP! 原作:メイビーソフト
40 魔薬 原作:FLADY
41 臨界点 原作:スィートバジル
42 絶望～青い果実の散花～ 原作:スタジオメビウス
43 美しき獲物たちの学園 明日菜編 原作:ミンク
44 淫内感染～真夜中のナースコール～ 原作:ジックス
45 My Girl 原作:Jam
46 面会謝絶 原作:シリウス
47 偽善 原作:ダブルクロス
48 美しき獲物たちの学園 由利香編 原作:ミンク
49 せ・ん・せ・い 原作:ディーオー
50 sonnet～心かさねて～ 原作:ブルーゲイル
51 リトルMyメイド 原作:スィートバジル
52 flowers～ココロノハナ～ 原作:CRAFTWORKside:b
53 サナトリウム 原作:ジックス
54 はるあきふゆにないじかん 原作:トラヴュランス

パラダイム出版ホームページ　http://www.parabook.co.jp

55 プレシャスLOVE
原作:BLACK PACKAGE
56 ときめきCheck in!
原作:クラウド
57 散櫻 ～禁断の血族～
原作:シーズウェア
58 Kanon～雪の少女～
原作:Key
59 セデュース ～誘惑～
原作:アクトレス
60 RISE
原作:RISE
61 虚像庭園～少女の散る場所～
原作:BLACK PACKAGE TRY
62 終末の過ごし方
原作:Abogado Powers
63 略奪～緊縛の館 完結編～
原作:XYZ
64 Touchme～恋のおくすり～
原作:ミンク
65 淫内感染2
原作:ジックス
66 加奈～いもうと～
原作:ディーオー
67 PILE・DRIVER
原作:ブルーゲイル
68 Lipstick Adv.EX
原作:フェアリーテール
69 Fresh!
原作:BELLDA
70 脅迫～終わらない明日～
原作:アイル【チーム・Riva】
71 うつせみ
原作:BLACK PACKAGE
72 Xchange2
原作:クラウド

73 M.E.M.～汚された純潔～
原作:アイル【チーム・ラヴリス】
74 Fu・shi・da・ra
原作:ミンク
75 絶望 ～第二章～
原作:スタジオメビウス
76 Kanon～笑顔の向こう側に～
原作:Key
77 ツグナヒ
原作:ブルーゲイル
78 ねがい
原作:RAM
79 アルバムの中の微笑み
原作:curecube
80 ハーレムレーサー
原作:Jam
81 絶望 ～第三章～
原作:スタジオメビウス
82 淫内感染2～鳴り止まぬナースコール～
原作:ジックス
83 螺旋回廊
原作:ruf
84 Kanon～少女の檻～
原作:Key
85 夜勤病棟
原作:ミンク
86 使用済～CONDOM～
原作:ギルティ
87 真・瑠璃色の雪～ふりむけば隣に～
原作:アイル【チーム・Riva】
88 Treating 2U
原作:ブルーゲイル
89 尽くしてあげちゃう
原作:トラヴュランス
90 Kanon～the fox and the grapes～
原作:Key

91 もう好きにしてください
原作:システムロゼ
92 同心～三姉妹のエチュード～
原作:クラウド
93 あめいろの季節
原作:ジックス
94 Kanon～日溜まりの街～
原作:Key
95 贖罪の教室
原作:ruf
96 ナチュラル2 DUO 兄さまのそばに
原作:フェアリーテール
97 帝都のユリ
原作:スィートバジル
98 Aries
原作:サーカス
99 LoveMate～恋のリハーサル～
原作:ミンク
101 プリンセスメモリー
原作:カクテル・ソフト
102 ぺろぺろCandy2 Lovely Angels
原作:ミンク
103 夜勤病棟 ～堕天使たちの集中治療～
原作:ミンク
105 悪戯Ⅲ
原作:インターハート
104 尽くしてあげちゃう2
原作:トラヴュランス
106 使用中～W.C.～
原作:ギルティ
110 Bible Black
原作:アクティブ
112 銀色
原作:ねこねこソフト

好評発売中!

〈パラダイムノベルス新刊予定〉

☆話題の作品がぞくぞく登場！

100.恋ごころ

RAM　原作

島津出水　著

主人公は武術や護符を操り、村を守る導師。だがたび重なる野盗の襲撃に、一人で戦う限界を感じ弟子を募ることに。弟子に志願してきた少女たちと過ごすことになるが、村の周囲では不穏な気配が漂い始める。

96.Natural 2 ~DUO~
お兄ちゃんとの絆

フェアリーテール　原作

清水マリコ　著

幼い頃祖父の家で共に過ごしたことのある、双子の姉妹「千紗都」と「空」に10年ぶりに再会した翔馬。美しく成長した空から、10年間ぶんのつのる想いを告白されるが…。

109.特別授業

ビショップ　原作
深町薫　著

厳格なお嬢様学校に美術講師として赴任した主人公。加虐的な性格をしている彼の真の目的は、少女たちの青い肉体だった。校内でも有数の美女たちの弱みを握り、一人、また一人と堕としてゆく！

111.星空ぷらねっと

ディーオー　原作
島津出水　著

正樹は宇宙開発に携わる母親の影響で、宇宙飛行士を目指していた。だが事故により、その希望を失ってしまう。かつての正樹の輝きを見てきた幼なじみたちは、彼の夢をふたたび取り戻させようとするが…。

パラダイム・ホームページ
開設のお知らせ

http://www.parabook.co.jp

■新刊情報■
■既刊リスト■
■通信販売■

パラダイムノベルス
の最新情報を掲載
しています。
ぜひ一度遊びに来て
ください！

既刊コーナーでは
今までに発売された、
100冊以上のシリーズ
全作品を紹介しています。

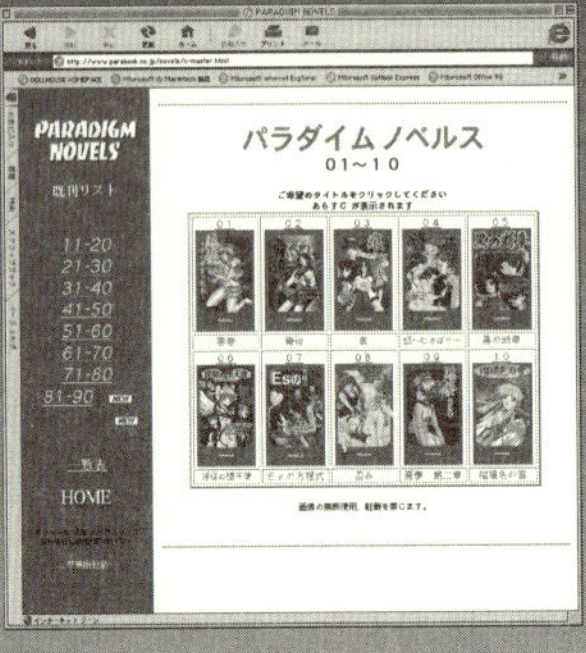

通信販売では
全国どこにでも
送料無料で
お届けできます。

何冊お申し込み
いただいても、
送料は無料です。

お問い合わせアドレス：info@parabook.co.jp